KB102013

PERFECT ROAD

전진검 장편 소설

FUSION FANTASTIC STORY

퍼펙트 로드 3

전진검 장편 소설

초판 1쇄 찍은 날 § 2015년 2월 10일
초판 1쇄 펴낸 날 § 2015년 2월 17일

지은이 § 전진검
펴낸이 § 서경석

편집부장 § 권태완
편집책임 § 박은정

펴낸곳 § 도서출판 청어람
등록번호 § 제387-1999-000006호
등록일자 § 1999. 5. 31
어람번호 § 제1-2052호

주소 § 경기도 부천시 원미구 부일로 483번길 40 서경B/D 3F (우) 420-822
전화 § 032-656-4452 팩스 § 032-656-4453
http://www.chungeoram.com
E-mail § chungeorambook@daum.net

ⓒ 전진검, 2014

ISBN 979-11-04-90113-3 04810
ISBN 979-11-316-9150-2 (세트)

※ 파본은 구입하신 서점에서 교환하여 드립니다.
※ 저자와 협의하여 인지를 붙이지 않습니다.
※ 이 책은 도서출판 청어람과 저작자의 계약에 의해 출판된 것이므로,
　무단 전재 및 유포·공유를 금합니다.

PERFECT ROAD

퍼펙트 로드

전진검 장편 소설

FUSION FANTASTIC STORY

도서출판 청어람

PERFECT ROAD

퍼펙트
로드

CONTENTS

제1장

비밀경매장

화아악!

넓은 홀.

곳곳에 장식된 미니 라이트가 불을 뿜는다.

홀로그램을 이용한 아름다운 꽃무늬가 어두운 홀 안을 가득 채웠다.

하지만 이곳 경매장에 모인 이들 중에서 그 모습에 감탄을 흘리는 이는 아무도 없었다.

그들의 관심사는 이런 홀로그램을 이용한 퍼포먼스가 아니었기에.

사람들은 하나같이 가면을 쓰고 있었다.

나비 모양의 가면은 누가 누구인지 분별이 어렵게 만들었다.

하지만 이 역시 사람들의 관심사는 아니었다. 가면은 그저 신분을 감추기 위한 도구에 불과했다.

"제237회 비밀경매에 참여하신 여러분을 진심으로 환영합니다."

강당의 막. 그곳에 등장한 피에로가 점잖게 고개를 숙였다.

"경매에 들어가기에 앞서…… 깜짝쇼가 준비되어 있으니 많은 호응과 환호 바랍니다."

짝! 짝! 짝!

메마르기 그지없는 형식적인 박수가 홀 안을 메웠다. 곧 피에로가 모습을 감췄고 마침내 막이 열리며 '그것들'이 등장했다.

그것은 끔찍하다, 징그럽다는 말이 절로 나올 몰골의 생명체였다.

분명히 토대는 인간의 것이나 온몸이 붉으락푸르락하거나 몸 전체에 구슬이 꼬여 있거나 하는, 차마 눈을 뜨고 볼 수 없을 모습을 하고 있었다.

하지만 사람들은 매우 익숙한 듯, 몇몇은 미소까지 띠며 그들이 하는 공연을 바라봤다.

공연 자체는 단순했다.

공을 주고받거나 불이 이글거리는 훌라후프 사이를 통과하는 게 전부였다.

하나 그 공이 어떤 동물의 얼굴이고, 훌라후프를 통과할 때마다 살이 타는 연기가 난다면 이미 평범하다고 할 수는 없을 것이다.

불에 타고, 던지는 칼에 맞을 때마다 출현한 이들은 고통에 찬 비명을 흘렸다.

그런데도 사람들은 눈살 하나 찌푸리지 않는다. 진심으로 손뼉을 치고 웃음을 흘렸다.

미쳤다고밖에 볼 수 없는 상황. 광기(狂氣)라 해도 부족함이 없으리라.

공연이 끝나자 다시 피에로가 나타났다.

"저희 경매장이 자랑하는 홀로그램 쇼! 즐거우셨습니까? 부디 즐거우셨기를 바랍니다."

정말 홀로그램이었단 말인가? 믿기지가 않았다. 아무리 홀로그램 기술이 발전했다지만 저 정도로 구별되지 않을 상황을 재연한다는 건……

"그럼 지금부터 제237회 비밀경매를 시작합니다. 오늘은 준비된 상품이 많사오니 부디 끝까지 함께해 주시기를 부탁합니다."

피에로가 사라졌다. 그리고 경매물품이 강당 위로 올라
왔다.

"가장 먼저 선보일 경매 물품은…… 이겁니다!"

모습은 보이지 않았지만 피에로의 목소리만은 강당 전체
에 울리고 있었다.

이어 올라온 물품은 20년 전 단종된 종류의 소형우주선
이었다.

"골동품으로서의 가치가 상당한 Del사의 3번 모델입니
다. 경영진의 무능으로 부도가 나 사라졌지만 애호가들 사
이에선 상당히 호평이 자자한 Del. 특히 그곳의 3번 모델은
고작 3개월만 판매되고 사라졌지요. 내부와 외부 모두 깔끔
하게 보수되어 더 손댈 필요 없는 이 물건. 12억부터 시작합
니다."

"12억!"

"30번 손님. 12억 나왔습니다."

"15억!"

"8번 손님. 15억 나왔습니다."

…….

우주선의 최종 낙찰가는 88억이었다. 20년 전 상품답게
성능은 최근 것에 비해 한참 모자라지만 그만큼 희소성이

있다는 것일 테다.

머지않아 두 번째 상품이 등장했다. 이번에는 물건이 아니라 사람이다.

이국적인 외모의 여자.

하지만 눈이 죽어 있다. 이곳에 오기까지의 우여곡절이 상당한 듯싶었다.

"두 번째 경매상품은 무려…… 우주 해적 딥피아의 여자입니다. 딥피아의 여자답게 조련할 수 없어 이를 모두 뽑는 등의 조치를 했으므로 가격은 조금 낮게 잡습니다. 오천만 원부터 시작합니다."

우주 해적 딥피아.

스스로를 딥피아 제국이라 칭하는 그곳이지만 하는 짓은 해적 이상이 아니다.

그들의 유래에 대해서 알려진 정보는 많지 않지만 대략 50여 년 전에 발족했으며 약소국을 약탈하거나 전쟁 중인 나라에 용병을 파견하는 것으로 돈을 버는 곳이다.

당연하게도 개개인의 전투력이 상당하고 그 잔혹성은 이라크의 테러를 판매하는 ISIS와도 견줄 정도라고 하니 포로로 잡은들 한계가 있는 것이다.

그렇다 보니 선뜻 손을 드는 사람이 없었다. 아예 건드리지조차 않은 딥피아의 여자라면 소수 취향을 가진 사람에게 꽤 비싸게 팔려갈 기회는 있을 것이나 이미 조치가 취해진 뒤이므로 인기가 없는 것은 당연했다.

결국 오천만 원 그대로의 가격에 딥피아의 여인은 낙찰되었다.

이후 줄줄이 나타난 경매물품.

개중에는 개조된 인조인간, 유전자 조작으로 태어난 거대한 몸집의 짐승들도 있었다.

하지만 평범하기 그지없는 인간도 포함되어 있다는 게 문제였다.

특히 아이들은 꽤 인기가 많았다.

상태가 좋지 않으면 헐값에 팔리지만 귀여운 아이들은 수억 원, 심지어 십억 원이 넘는 가격에도 팔릴 만큼 수요가 굉장했다.

인권이 바닥에 떨어졌다고 하지만 관객들은 이를 매우 당연하게 여기고 있었다.

"자, 꽤 상품의 남자아이입니다. 두뇌가 명석한 편이니 무엇을 가르쳐도 대성할 것으로 생각합니다. 상처도 없으며 열 살에 활발한 성격, 혈액형은 O형, 시작가는 칠천만 원입니다."

눈에 익은 모습의 남자아이가 나타났다.

뛰쳐나가 확인하고 싶지만 불가능하다.

애당초 이곳은 가상세계. 가면을 통해 접속한 미지의 세계였으므로.

할 수 있는 거라곤 배정된 자리에서 제한적인 움직임을 보이는 게 전부다.

그렇다.

비밀경매장.

이곳은 현실에 존재하지 않는 장소에서 이뤄진다.

가상현실. 그리 불러도 무방하리라.

현준은 그 장소에 있었다.

다른 이와 같은 가면을 쓰고, 다른 이와는 조금 다른 냉소적인 표정을 지으며……

* * *

메시아는 실시간으로 김민희의 위치를 알려주었다. 덕분에 현준은 어렵지 않게 김민희를 따라잡을 수 있었다.

그녀는 눈물범벅이 된 채 뛰는 중이었다.

뒤에서 현준이 몇 번이고 불렀으나 전혀 반응하지 않았다. 마치 뛰는 게 사명인 것마냥 특정 방향을 향해 나아가고 있었다.

현준은 김민희의 어깨를 잡을 수밖에 없었다. 그제야 김민희는 뒤를 돌아보았다.

"현준 씨……?"

"저니까 진정하세요."

하지만 진정할 기미가 보이지 않았다.

거칠게 숨을 내쉬는 김민희는 누가 봐도 흥분해 있는 상태였다.

"하, 하지만 용후가……."

"용후는 안전할 겁니다."

"안 돼요. 빨리, 빨리 찾으러 가야 해요."

"우선 심호흡부터 하세요. 이러다간 먼저 쓰러지고 말 겁니다."

현준이 주머니에서 손수건을 꺼냈다.

그러면서 김민희의 얼굴을 닦아주었다. 금세 손수건이 그녀의 땀으로 흥건하게 젖었다.

"혹시 용후가 어디에 있을지 짐작되는 장소가 있습니까?"

"이, 있어요. 제가 한 번 데려간 곳이니까…… 그곳에 있을 거예요."

김민희는 현준이 어떻게 사정을 알고 있는 것인지 궁금해하지 않았다.

그보다는 박용후에 대한 걱정으로 가득했다.

박용후는 스스로 팔리길 자처하며 찾아간 것이다. 당장 위험하진 않을 것이었다.

"위치는요?"

"D지구 4동에 있는 드림 사무소……."

현준은 목걸이를 한차례 만졌다. 메시아에게 보내는 신호다.

「찾아보겠노라.」

척하면 척이다.

장소를 찾는 건 메시아에게 맡기고 현준은 김민희를 근처 벤치에 앉혔다.

쉽사리 앉으려 하지도 않았지만 앉은 후에도 계속 먼 곳을 바라보는 등 불안 증세를 보였다.

하는 수 없이 10여 분간 현준은 김민희의 등을 두드리며 진정시켰다.

"진정되셨어요?"

"……미안해요."

"그러면 들려주세요. 어째서 용후가 보육원을 나갔는지."

"혹시 용후가 남긴 편지를 보셨나요?"

현준은 고개를 끄덕였다.

"예."

그러자 김민희가 자조 섞인 미소를 지었다.

"편지에 적힌 대로예요. 저는 한 번 아이들을 판 적이 있어요. 같은 사람을, 그것도 지켜야 하는 아이들을 팔다니, 정말…… 미친년이죠."

그녀는 다시 한바탕 눈물을 쏟아냈다.

"부잣집에서 길러준다고 했어요. 설마 그런 끔찍한 곳에 팔렸으리라곤 생각도 못했어요. 그래서 용후가 돌아왔을 땐 앞으로 한평생 이 아이를 위해 살겠노라고 다짐했는데…… 끄흑."

현준은 잠자코 김민희가 하는 이야기를 들었다. 김민희 역시도 딱히 반응을 바라는 것은 아닐 터였다.

"저는 할머니가 돌아가시고 혼자서 보육원을 운영해야 했어요. 정부에서 나오는 운영비는 턱없이 부족했지만, 돈을 빌려주는 은행은 없었어요. 돈 되는 일이라곤 다 해봤죠. 그래도 통장의 잔고는 줄어들었고, 결국 사채에 손을 댔어요. 저에겐 할머니와 같은 인망이 없었으니까요."

김민희가 이를 딱딱 부딪쳤다.

"제가 죽일 년이에요. 다시 용후에게 끔찍한 일을 겪게 하였어요. 모두 제가 부족하기 때문에 벌어진 일이에요. 차라리 제가 팔려야 하는데, 그 아이에게 그런 선택을 하도록 만들었어요."

요컨대 김민희는 악마의 유혹에 넘어가고 만 것이었다.

벼랑 끝에 다다르자 결코 해서는 안 될 선택을 하고, 후회하고, 이제는 바라지도 않은 일마저 겪게 되었으니 동정이 되는 부분도 있었다.

'그래도 해서는 안 될 짓이었어.'

나름의 변명거리는 있었다. 부잣집에서 길러준다고 하는.

그러나 제대로 알아보지 않고 무작정 넘긴 것은 분명한 김민희의 죄였다.

「찾았도다. 아이의 위치도 확인되었도다.」

때마침 메시아의 목소리가 들렸다.

현준은 자리에서 일어났다.

"후회하고, 뉘우칠 준비가 되어 있습니까?"

김민희가 입술을 깨물었다.

"용후를 찾아서 평생 반성하겠어요."

"좋습니다. 제가 용후를 찾아오겠습니다."

"예……?"

김민희는 믿기지 않는다는 눈초리로 현준을 바라보았다. 그러다가 급하게 고개를 내저었다.

"아니에요. 이건 제가 해결해야 할 일이에요."

"선생님이 가면 그 사람들이 용후를 그냥 내어줄 정도로 착합니까?"

사람을 사고파는 족속들이다.

넝쿨째 들어온 상품을 쉽게 내어주리라곤 전혀 생각되지 않았다.

김민희가 비장한 표정으로 말했다.

"그건…… 제가 어떻게든 해보겠어요."

현준은 고개를 저었다.

"선생님은 보육원에 계십시오. 찾아오는 건 제가 하겠습니다. 그리고 용후가 오게 되거든…… 크게 혼내고 같이 울어주십시오. 그게 선생님께서 해야 할 역할입니다."

각자의 역할이라는 게 있는 법이다.

현준은 김민희의 대답을 듣지 않고 몸을 돌렸다.

'용후를 찾는 게 먼저다.'

위치는 확인했으니 찾는 일만 남았다.

입안이 씁쓸했지만, 김민희를 욕하는 건 그 뒤였다.

간발의 차였다.

박용후가 포착된 건물을 급습했지만 한 발자국 늦은 것이다.

현준은 미련 없이 몸을 돌렸다.

'꼬리가 너무 많군.'

그러나 상대는 매우 빠르고 체계적으로 움직이는 중이었다.

한 치의 쉴 틈도 없이 박용후를 운반했다.

1에서 2지점으로, 2에서 3지점으로……

최종적인 목적지는 보나마나 경매장일 터였다. 문제는 그곳의 보안이 상당하다는 점이었다.

옮기는 방법도 가지가지라서 메시아마저 포착하지 못할 때가 더러 있었다.

이처럼 작은 점조직으로 운영되어 전문적인 체계를 갖춘 곳, 현준은 본 적이 없었다.

심지어 지극히 평범한 골동품 가게에서 옮겨지는 일도 있었다.

'한 명도 최종 목적지가 어디인지 아는 사람이 없어. 다들 자신이 옮겨야 할 다음 목적지 정도만 알고 있을 뿐이야.'

도중 운반자들을 심문해 목적지를 들었으나 최종 목적지를 아는 이는 한 명도 없었다.

하지만 이렇게 따라가기만 하는 것은 너무나도 비효율적이다.

꼬리잡기뿐이 되지 않는다.

게다가 현준이 따라붙고 있다는 것을 상대 측 역시 인지

했는지 그 속도가 더욱 빨라지고 있었다. 이대로는 빤히 눈 뜨고 놓치고 말 것이었다.

'끝이 없겠군.'

결국 현준은 양손을 들었다.

더 쫓는 건 시간 낭비다. 대신 방법을 바꿨다.

"메시아, 비밀경매에 참여하는 방법을 알려줘."

비밀경매에 참여하는 방법.

일단 가상현실 게임머신을 통해 특정 프로그램을 설치해야 했다.

그 특정 프로그램에 로그인하여 경매에 참여하는 게 끝인, 간단하기 그지없는 방법이었다.

그러나 거래 자체가 가상의 세계에서 이뤄진다는 점이 현준으로선 상당히 의외였다.

"오천만 원이라……."

현준은 턱을 쓸었다.

메시아에게 들은 머신의 가격이 상당했다. 가장 싼 것조차 오천만 원에 이르렀다.

가상현실게임이라면 A지구에 있을 때 몇 번 해본 기억이 있다.

그다지 흥미를 못 느껴서 몇 번 하고 말았지만, 그 기술이 대단하다고 생각한 적은 있었다.

현실과 비슷한 감각. 다소 무뎌지긴 하지만 또 다른 내가 또 다른 세상에서 움직이고 있다는 신기한 기분을 경험할 수 있었다.

왜 고작 몇 번 하고 그만두었는지 이유를 떠올리면 실소밖에 나오지 않는다.

'레벨업 시스템과 무기를 힘들게 구매하는 걸 그때 당시에는 이해하지 못했지.'

당시의 현준은 어렸다.

원하는 걸 어렵지 않게 구할 수 있는 위치다 보니 '정당한 대가'라는 게 썩 와 닿지 않았다.

지금 만약 다시 가상의 세계를 접하게 된다면 꽤 흥미를 느끼지 않을까.

물론 고가의 취미인지라 본전 생각이 자주 나긴 하겠지만 예전과 다른 감각을 느낄 수 있을 것은 분명하였다.

「단순히 비밀경매에만 참여하겠다면 오백만 원 내외로 해결 가능하도다.」

"그래?"

다소 기분 좋은 소식이었다.

박용후의 상태가 위험할 수 있다고는 하나 맹목적인 정의감을 구현할 생각은 터럭만큼도 없었다.

언제나 적당한 사심이 섞여 있는 게 현준의 상태였다. 또한 원동력이었고. 그러니 아낄 수 있다는데 마다할 이유가 없었다.

「따로 머신의 부품을 파는 매장이 있도다. 철저한 오프라인으로만 거래되니 사용자가 직접 찾아가야 하는 수고로움이 있겠지만 이게 사용자로선 훨씬 이롭다고 판단했도다.」

현준과 24시간 밀착형으로 있는 사이, 메시아도 현준의 성향을 제법 파악한 모양이었다.

그것이 한편으론 쓸쓸하면서도…… 아주 조금은 든든했다.

다른 사람이 모르는 나를 알아주는 누군가가 있다는 건 생각보다 복잡기괴한 기분일지도 모르겠다.

현준은 가볍게 혀를 차고 말했다.

"그 매장이 어디야?"

「C지구…….」

"멀지 않군."

메시아가 설명하는 위치를 자세히 들은 즉시 현준은 움직이기 시작했다.

「바로 가는 것이더냐?」

"시간 끌어서 뭐해? 후다닥 처리하자고. 가는 길이나 확실하게 띄워 줘."

「알겠도다.」

곧 목걸이가 붉은색으로 반짝이며 매장이 있는 방향을 가리켰다.

'게임기기를 사려고 매장을 찾는 날이 올 줄이야.'

박용후를 구하기 위해서라지만 잘하면 어렸을 적의 향수를 느껴볼 수도 있겠다.

현준은 발걸음 속도를 높였다.

제2장

접속

C지구는 이하 지구와 비교하면 확실히 삶의 수준이 높은 편이지만 모든 곳이 그렇다고 할 수는 없었다. 외곽의 경우엔 치안의 문제로 오히려 이하 지구보다 상황이 나쁜 경우도 많았다.

그리고 매장은 C지구의 외곽에 존재했다.

불과 몇 년 전 새롭게 정비된 길 위에는 쓰레기가 난무하고 있었다.

외곽의 치안은 좋은 편이 아니다 보니 이하 지구에서 올라온 사람들의 열등감이 표출되기에 적당한 장소였다. 새롭게 정비돼도 이처럼 금세 더러워지곤 하는 것이다.

정확히 그 길이 끝나는 곳에 매장이 있었다.

너른 공터에 유일하게 불빛이 들어온 그곳만이 존재감을 나타내는 중이었다.

"칙…… 가상현실의 메카 로드 월드에 오신 것을…… 치직…… 진심으로……."

노이즈가 잔뜩 낀 홀로그램 영상이 없었다면 이곳이 매장이라는 것도 알아채지 못했을 터였다.

"여기 맞아?"

현준은 의심 반 걱정 반의 목소리로 물었다.

오프라인 매장이 있다 하여 기대를 했는데 실상은 다 쓰러져 가는 허름한 건물이지 않은가. 진짜 기기를 구할 수 있을지 의문이 생겼다.

「위치상으로는 맞도다.」

"진짜?"

「……맞을 것이도다.」

현준은 메시아의 대답이 평소보다 0.7초가량 늦은 것을 잡아냈다.

"확신 못하는 거냐."

「가상현실 게임기기를 파는 매장은 C지구에도 몇 곳 있지만 모두 대기업 소유이도다. 홍보도 덜 되었는데다가 지

리상으로도 썩 훌륭하지 못한 곳에 자리 잡고 있으니 장사는 잘 안 될 것이도다. 그 밖에 중고의 가상현실 게임기기는 안전상 문제가 생길 수 있어서 외면받는 추세인 탓도 있도다.」

"중고였군. 그래서 가격이 저렴한 건가."

제아무리 접속기기 한정이라지만 오천만 원짜릴 오백만 원 선으로 해결하려 한다면 감수해야 할 여러 제약이 있을 수밖에 없었다.

「문제가 있을 수 있다고는 하나, 그런 문제가 생기지 않도록 서포트하는 게 나 메시아의 역할이노라. 사용자는 걱정 붙들어 맬 지어다.」

메시아가 이처럼 자신한다면 믿어도 좋을 것이다.

"믿져야 본전이네."

현준은 코를 쓸며 매장 안으로 들어섰다.

'오, 제법.'

매장에 들어선 현준은 외관과는 전혀 다른 내부 실정에 감탄할 수밖에 없었다.

먼지 한 톨 날리지 않을 정도로 깨끗한 건 둘째 치고 물건들이 유리관 안에 가지런하게 잘 정리되어 있었다.

현준이 한차례 매장 안을 둘러보고 있자 곧 묘령의 여성이 다가왔다.

"가상현실의 메카! 로드 월드에 어서 오세요!"

프릴이 많이 달린 검은색 계통의 치마가 인상적인 점원이었다.

현준은 가만히 아래에서부터 점원을 살피다가 여인의 얼굴을 보곤 크게 외쳤다.

"……가짜 블랙스타?"

얼마 전 미치광이 과학자를 잡으려다가 갇힌 굴속에서 만난 가짜 블랙스타.

이름이 이가은이랬던가? 몇 날 며칠 맞댄 얼굴이기에 착각할 리는 없었다.

'왜 이런 곳에 있는 거지?'

이가은은 식물인간 상태가 된 친오빠를 대신하여 블랙스타의 이름을 알리고자 활동한다고 말했다.

그랬을 그녀가 허름한 외관의 중고 기기 매장에서 일하고 있을 줄은 전혀 예상하지 못한 바였다.

현준의 외침을 듣고서야 이가은도 눈을 게슴츠레하게 떴다.

이윽고 그 눈동자가 점점 커졌다.

"박현준!"

"기억하고 있구나."

"어, 어떻게 이곳에?"

이가은이 몸을 부르르 떨었다. 어쩐지 스토커가 된 기분이라 현준은 손을 저었다.

"완벽한 우연이니까 괜한 오해는 하지 말자."

"이런 우연이 세상에 어딨어?"

"세상 살다 보면 이런저런 우연도 있는 거지. 이 정도는 양반이다."

현준은 달관한 태도로 답변했다.

꽤 놀랍기는 하지만 현준에게 이런 우연은 아무런 것도 아니었다.

굳이 따지자면 길가다가 만 원짜릴 주운 정도?

"후우!"

이내 이가은이 한숨을 내쉬었다. 그리고 팔짱을 끼며 현준을 쳐다봤다.

마치 '무슨 용무냐' 라고 묻는 것 같았다.

현준은 어깨를 으쓱했다.

"이봐, 손님 대하는 태도가 영 아닌데? 여기 주인 나오라고 해."

그러자 이가은이 정중하게 고개를 숙였다.

"……어서 오십시오, 손님. 찾으시는 물건이 있으신가요? 참고로 로드 월드의 주인은 저랍니다."

아는 척하지 말라는 오로라를 풀풀 풍긴다.

손님과 매장의 점원으로만 대하고 블랙스타와 관련된 이야기는 안 꺼내는 게 좋을 듯싶었다.

'그때와는 인상이 전혀 다르기도 하고.'

굴 안에서의 이가은에겐 여성적인 매력을 전혀 느낄 수 없었다.

제대로 먹지도, 씻지도 못하는 상황이었으니 당연할 테지만, 지금 보는 이가은은 그때 느끼지 못한 매력으로 가득 차 있었다.

다소 기가 세 보이긴 하지만 도저히 블랙스타의 흉내를 내고 다니리라곤 생각이 안 드는 외소한 체구와 가녀린 몸매였다.

'이게 본업인가.'

어떤 식으로 변장하는지 궁금증이 들지 않는 것도 아니지만 지금은 그것보다 우선 처리할 게 있었다.

현준은 내심 고개를 내젓곤 말했다.

"접속기 좀 볼 수 있을까?"

"접속기만 말씀입니까?"

"그래, 아, 혹시 지인 할인……."

"안 됩니다. 이쪽으로 오십시오, 손님."

안 되는군.

단칼이었다. 일말의 고민도 없이 즉시 잘라냈다. 현준은 혀를 차며 이가은의 뒤를 따랐다.

비록 외관은 허름했다지만 내부는 생각보다 깨끗했고 넓은 편이었다.

그리고 가상현실 게임기기의 크기를 생각하면 매장이 넓어야 정상이었다.

모든 부품을 합쳐놓으면 성인 남성의 두 배가량 부피가 나오는 것이다.

접속기기만 하더라도 크기가 상당했다. 커다란 배터리처럼 생긴 직사각형의 철 덩어리였는데, 중심부에 두 개의 단자가 붙어 있었다.

"따로 원하시는 제품이 있으십니까?"

가상현실 게임기기도 종류가 많았고 그 숫자만큼 접속기기도 제각각이었다.

"혹시 RX 003 있어?"

잠시 고민한 이가은이 답했다.

"RX 003요? 한 대 있긴 한데…… 위험하기도 하고, 이미 단종된 제품인데요?"

"얼마야?"

RX 003.

가상현실 게임기기에 제대로 접속하려면 최소 오천만 원 이상의 금액이 필요하다.

특히 뇌파를 수신하는 접속기는 뇌를 보호하는 프로텍트를 짜 넣고 자체적으로 충격에 대비하는 프로그램과 장치가 설치되어 있어서 전체 게임기기 가격의 삼분지 일을 차지할 정도다. 중고로 판다 해도 천만 원 이하로 내려갈 일은 없었다.

RX 003은 그 단가를 낮추고자 출시된 제품이다.

접속기의 단가만 낮춰도 기기의 가격이 대폭 낮아지는 탓이다.

그러면 더욱 여러 사람이 가상현실 게임을 접할 수 있게 되리란 야심찬 포부로 한 제작사가 만들었다.

그러나 비싼 것은 값을 한다고, 그 반대도 마찬가지였다.

가상현실 게임기기는 여러 방면에서 사용되고 있었다.

예컨대 군이나 의료에도 쓰였고, 과학자들도 가상현실을 통해 직접 할 수 없거나 가보지 못한 곳을 경험하고자 아주 많이 이용하는 편이었다.

기타 등등 쓰임새를 따지자면 밑도 끝도 없는 게 가상현실 기술이다.

당연히 들어가는 부품은 엄격한 심사를 거쳐 선별한다.

게다가 접속기 하나를 만드는 데 필요한 돈은 천문학적이다.

어느 제작사든 하나를 만들어도 신중을 기할 수밖에 없다.

하나 그렇다고 다 같은 재료에 다 같은 프로그램을 사용해선 손해만 생길 뿐이다.

이에 RX 003을 만든 개발사는 좋지 않은 재료를 사용하면 심사에 통과할 수 있을 리가 없다고 판단, 연구비를 줄였다.

기기를 사용하여 반년 이상 문제가 없는지 경과를 지켜봐야 했지만 그 기간 또한 반으로 뚝 잘랐다.

턱걸이로 아슬아슬하게 심사에 통과했지만 역시나 접속기가 풀리고 1년이 지나자 아주 큰 문제가 생겼다.

가수면 상태로 가상현실에 접속한 이들이 깨어나지 않는 것이었다.

프로그램에 심어진 바이러스 하나가 이상을 일으켜 뇌파에 간섭했다고 한다.

여유를 두고 개발했다면 누군가가 심어놓은 바이러스를 잡지 못할 이유가 없지만 심사에 통과하기만 할 작정으로 빠르게 만든 것이다 보니 그만 간과하고 말았다.

그 일로 인해 개발사는 파산, 남은 물품은 재고로만 돌아다닌다는 다소 슬픈 이야기다.

그래서 RX 003은 엄청난 뽑기 운을 요구하는 제품이 되었다.

까딱했다가 바이러스가 심어진 기기를 구매하면 무슨 일이 일어날지 모른다.

하여 대기업 매장에서 RX 003은 완전히 자취를 감췄고 이런 외진 곳의 매장, 혹은 브로커를 통해서나 싸게 구할 수 있었다.

'……라고, 메시아가 말했지.'

현준은 턱을 쓸었다.

메시아라면 확실히 바이러스가 있은들 처리할 수 있을 터였다.

"추천은 안 해 드려요."

"괜찮아. 얼마냐니까?"

"현금으로 400 받아요."

"250! 어차피 팔리지도 않을 거 아니야?"

현준은 과감하게 가격을 내리쳤다.

위험한 하자가 있을 수도 있는 물품이니만큼 사려는 사람은 없을 것이다.

"그 가격은 안 돼요. 최대한 깎아줘도 350 이하는 팔아서 남는 게 없어요."

"이대로 썩혀두면 나중에 고철 값밖에 더 돼? 사려는 사람도 없을 텐데. 그냥 250에 주지?"

현준이 아니라면 팔리지 않을 것을 알기에 강하게 나갈
수 있었다.

이가은은 한숨을 내쉬었다.

"다른 제품이라면 말도 안 되는 일이에요. 기기를 사용해
서 생기는 문제에 책임을 묻지 않겠다는 각서를 쓰겠다면
300에 드릴 용의는 있네요."

"그래, 그렇게 하자."

털털한 대답에 벙찐 것은 이가은이었다.

"책임, 안 져요?"

"각서 써주면 되지?"

"기다려 봐요. 창고에서 가지고 올게요."

이가은이 등을 돌려 계단을 통해 지하창고로 내려갔다.
매장에 혼자 남은 현준은 다시 고개를 돌려 강화유리 속 기
기들을 쳐다보았다.

'이거 다 팔면 꽤 쏠쏠하겠는걸.'

매장의 외견은 후줄근하다지만 이 기기들을 내다 팔면
한몫 단단히 챙길 수 있을 것이었다.

누군가가 나쁜 마음을 먹는다면 어찌 대처하려고 이처럼
무방비하게 놔둔 걸까?

'강화유리를 믿는 건가?'

전시회의 그것처럼 기기들을 감싼 강화유리는 척 보기에

도 단단해 보였다.

어지간한 총 같은 것은 통하지도 않을 게 뻔했다.

그러나 그 하나만 믿고 놔두기엔 여러모로 불안한 게 사실이다.

당장 현준만 하더라도 마음먹기에 따라서 이런 강화유리 따위 단번에 녹여 버릴 것이었다. 그것을 이가은이라고 모를 리 없었다.

"흠……."

현준은 턱을 쓸었다.

물론 범죄를 싫어하는 자신이 그와 같은 일을 저지를 리는 없었다.

현준이 기기들을 구경하고 있자 머지않아서 이가은이 다시 모습을 드러냈다.

무척 가볍다는 듯 거대한 접속기를 품에 올라오는 모습이 묘한 괴리감을 일으켰다.

'그렇군. 보안이 따로 필요 없겠군.'

그제야 현준은 다소 허술해 보이는 매장의 보안에 대한 걱정을 덜었다.

가짜지만, 블랙스타를 표방하는 만큼 그녀도 실력자이다.

오히려 현준이 하는 이런 걱정이 그녀에게 있어선 불명

예스러울 수도 있었다.

"이게 RX 003이에요. 새것같이 반짝반짝거리죠?"

현준은 유심히 기기를 관찰했다. 자주 닦는 듯 표면은 매끄럽기 그지없었다.

창고에 있다고 해서 먼지를 듬뿍 쓴 기기를 상상했는데 전혀 반대였다.

'성실한 건가?'

이번엔 이가은의 눈을 쳐다봤다.

비록 RX 003이 문제 많은 물건이라 해도 이가은은 기기를 매우 사랑스럽다는 듯이 바라보고 있었다.

어쩌면 기계 자체를 매우 좋아하는 사람이 아닐까?

블랙스타로 변장할 땐 온통 어두운 일색이라, 이처럼 순수한 면을 볼 수 없었다.

굴 안에서 대화를 많이 한 것도 아니거니와 주변을 둘러볼 여유 따윈 없었으니 느끼지 못한 것인지도 모르지만…… 이가은의 눈에서 나는 이채를 현준은 가만히 쳐다봤다.

"왜 빤히 쳐다봐요?"

"엄청 진지해 보여서. 기계 좋아해?"

"좋아하면 안 돼요?"

"여자치곤 특이하잖아."

몸 쓰는 기술직은 여자보다 남자가 많은 게 현실이었다.

그것을 따로 세공하는 역할은 여자가 많지만, 기계를 좋아하는 이는 흔하지 않았다.

"기계를 좋아한다기보단 철 덩어리가 깨끗하게 있는 상태를 좋아해요. 반짝이는 거 싫어하는 여자는 없잖아요?"

"그게 그렇게 연결되는 건가?"

보석 좋아하는 여자는 많다.

다만 반짝이는 철 덩어리를 좋아하는 게 그거랑 연관이 있는지는 알다가도 모를 일이었다.

"살 거예요, 말 거예요? 참고로 우리 매장에 백신은 없어요. 바이러스가 이 안에 있는지 없는지 알 수 없단 말이에요. 따로 검역센터를 가서 검사를 해도 좋지만 그 정도 비용을 댈 바엔 차라리 다른 제품을……."

"괜찮으니까 그거로 줘."

현준은 아무런 문제도 되지 않는다는 듯이 여유롭게 말했다.

바이러스.

양자컴퓨터가 활성화된 시기, 바이러스가 안에서 침투하여 컴퓨터를 망가뜨리는 것은 불가능하다.

초당 수조, 수십조의 경우의 수를 내고 그것에 대처하는 게 양자컴퓨터인 탓이다.

때문에 아예 만들어질 때부터나 외부에서 물리적인 접촉으로 바이러스를 침투시켜야 했다.

그런 바이러스를 치료하는 게 백신이지만 이 역시 따로 검역센터를 통해야 함이었다.

개인이 백신 장비를 갖추기엔 가격적인 면에서 애로사항이 꽃피기 때문이다.

가격은…… 검사만 하는 데에도 상당한 액수가 필요하다.

만약 바이러스에 걸렸다면 그것을 바로잡는 데 몇 배의 돈이 들어간다.

만들어질 당시 바이러스가 기생해 있었다면 제품을 만든 곳에서 아예 새 제품을 주지만 RX 003이 만들어진 개발사는 파산하여 망했다. 이는 아무런 A/S도 기대할 수 없다는 뜻이다.

이가은은 어깨를 으쓱하곤 제품을 계산대 위에 올려두었다. 그리고 손을 내밀었다.

"300. 현금만 받아요."

다른 결제 방법으로 계산하면 수수료가 들어간다.

대략 18% 정도를 받아간다 하니 어지간한 매점들이 현금만 고집하는 이유다.

가뜩이나 싸게 준 물건. 현금이 아니면 손해가 날 법도 하다.

그것을 현준도 아는지라 미련 없이 주머니에서 돈을 꺼냈다.

"쿠폰은 안 줘?"

"여기가 중국집인 줄 알아요?"

눈을 흘기며 돈을 받은 이가은이 액수를 세곤 고개를 끄덕였다

"300만 원 맞네요."

현준은 계산대 위에 팔을 얹고 말했다.

"여자 혼자 운영하기 힘들지 않아?"

"지금 수작 거는 거예요?"

"블랙스타 노릇하랴, 보아하니 여기 매장 주인도 그쪽인 거 같은데……"

블랙스타라는 단어가 나오자 이가은의 눈초리가 사납게 올라갔다.

"허튼소리 할 거면 가요. 쫓아내기 전에."

"허튼소리가 아니야. 이가은 씨, 블랙스타의 이름을 널리 알리고 싶지 않나?"

굴 안에 갇혔을 당시 이가은은 말했다.

오빠인 블랙스타가 잊히는 게 싫어서 그 역할을 자처했

다고.

"그게 무슨……."

"C지구에 존재하는 비밀경매장. 그곳을 운영하는 게 F지구를 담당하는 '어둠의 조정자' 인 것 같더군."

메시아의 정보력은 무한하다.

현준은 비밀경매장에 대해 알아보며 그곳을 관리하는 게 어둠의 조정자라는 것을 알아냈다.

어둠의 조정자…… 뒤에서 각 지구를 조정하는 이들이었다.

표면 위에 절대 나오지 않으며 그들의 영향력은 정부도 함부로 하지 못할 정도다.

아니, 상부상조하고 있다고 해야 할까?

적어도 그들이 존재하며 누구도 그들을 쉽사리 건드리지 못한다는 것만은 분명하다.

무엇보다 이가은의 오빠 되는 사람이 그를 처리하려다가 식물인간이 되지 않았던가.

"저도 알고 있어요. 하지만 비밀경매장의 위치는 누구도 알 수 없어요."

"가상현실 안에서 이뤄지기 때문에?"

이가은은 고개를 끄덕였다.

"맞아요. 경매는 가상현실 안에서 이뤄지죠. 추적할 방법은 어디에도 없어요."

"있다면?"

이가은은 표정을 찌푸렸다.

"……의도가 뭐죠? 설마 처음부터 이럴 목적으로 매장에 들어온 건가요? 아니면 질 나쁜 장난?"

"둘 다 아니다. 천지신명께 고하건대 정말 우연이야. 이 매장의 주인이 이가은 씨일 줄은 상상도 못했어. 이 제안도 방금 제 머릿속에서 막 떠오른 거고. 믿지 못하겠지만, 제가 이가은 씨를 속여서 얻을 이득 같은 건 없잖아?"

"글쎄요. 그쪽은 어느 정도 제 사정을 알고 있죠. 당장 RX 003을 공짜로 얻으려고 거짓말을 하는 것일지도 모르고요."

"아무것도 받을 생각 없어. 계산도 이미 치렀으니…… 그저 함께 협력하자는 생각으로 한 말인데 나를 그런 식으로 생각했다면 실망이군. 이 일은 없었던 걸로 하지."

그래도 나름 굴 안에서 그녀를 구한 은인이다.

흑심이 아예 없다면 거짓말이겠지만 이가은을 위한다는 마음도 조금은 있었다.

하나 이런 식으로 오해받는다면 제대로 된 협력이 이뤄질 리가 없다.

차라리 없던 것으로 되돌리는 게 나을 것이다.

그리 생각하며 기기를 품에 안고 몸을 돌리는 순간 이가은이 현준을 불러 세웠다.

"이봐요. 제가 섣불리 말한 건 미안해요. 비밀 경매장의 위치를 알 수 있다는 게 사실인가요?"

뚝!

현준은 발걸음을 멈춰 세웠다.

"사실이야."

"여러 수를 사용해 봤지만 비밀경매장의 실질적인 위치는 알아낼 수 없었어요. 모두 더미. 가짜였죠. 도리어 함정을 파놓고 기다리기도 했다구요."

F지구를 통괄하는 어둠의 조정자는 진짜 블랙스타를 식물인간으로 만든 장본인이다.

그의 동생인 이가은이 어둠의 조정자를 찾지 않으려고 할 리가 없었다.

현준은 몸을 돌린 뒤 고개를 끄덕였다.

"이해해. 쉽사리 믿을 수 있는 말은 아니지."

"이해해 준다니 고맙네요. 어떤 방식으로 찾을 수 있는지, 그걸 알려준다면 전면적으로 협력하겠어요."

얼굴이 사뭇 비장하다. 이가은도 속으로 몇 번이고 고심하여 꺼낸 말일 것이다.

하지만 메시아의 존재를 고작 두 번 본 이가은에게 알릴수는 없었다.

"비밀."

"그렇다면 믿을 수……."

"대신 너의 비밀을 맞춰보도록 하지."

투욱!

현준은 RX 003을 다시 계산대 위에 올려놓았다.

이후 목걸이를 툭툭 두드렸다.

"이 목걸이는 나를 돕는 이와 연결되어 있지. 내가 신호를 하면 필요한 걸 알려줘."

다시 두드리자 목걸이에서 미약한 빛이 흘러나왔다.

"본명 이가은. 나이 열여덟? 학생이잖아! 어리다고 생각은 했지만 이건 너무한데? 게다가 미래예술고등학교면 내 동생이랑 같은 학교잖아. 오른쪽 엉덩이에 작은 몽고반점이 있고, 또……."

"그만! 신상이 왜 나의 비밀이죠?"

"아직 안 믿기나?"

"그 정도는 블랙스타와 관계된 몇몇이라면 알고 있을 정보예요."

"오른쪽 엉덩이 몽고반점도?"

"그건…… 굴속에서 봤겠죠."

이가은은 엉덩이를 가리며 눈살을 찌푸렸다.

현준과 이가은은 꽤 오랜 시간 함께 굴에 갇혀 있었다.

그사이 우연이라도 봤을 수 있는 것이다.

'안 먹히네.'

메시아와 연결된 목걸이는 현준의 신경과 작게나마 연결되어 있었다.

때문에 메시아가 하는 말은 현준만 들을 수 있고, 메시아가 띄워주는 화면은 현준만 볼 수 있었다.

'이가은이 SNS를 통해서 올려놓은 어렸을 때 사진을 보고 말한 건데, 역시 부족한가?'

메시아가 이가은이 몇 년 전까지 사용한 SNS를 찾아내고 현준에게 보여준 것이다.

현준은 팔짱을 낀 채 말했다.

"아홉 살까지 이불에 오줌을 지렸고, 열한 살까지 오빠와 같이 목욕했군. 열두 살 때는 동방신지의 팬이었지. 열네 살 때, 기르던 포피가 죽어서 슬퍼했고. 처음 남자친구가 생긴 것도 그 당시로군. 하지만 이 주일 만에 헤어졌어. 남자친구가 덮쳐서 죽기 직전까지 패 놓은 건가? 심한데. 하물며 블랙스타를 사랑하다니, 법률상 근친상간은……."

물 흐르듯이 과거사를 읊는 현준을 이가은은 경악 어린 눈초리로 바라봤다.

"어, 어떻게 그걸?"

"난 다 알 수 있지."

"아무에게도 안 알려준 이야기인데……."

어떤 부분일지 대충 짐작은 되었다. 블랙스타를 사랑한다는 부분일 것이다.

"이제 좀 믿음이 가나?"

이가은은 고개를 흔들었다.

"더욱 수상해졌어요."

현준이 피식 웃었다.

"사실 나를 돕는 조력자는 엄청난 해커야. 그를 통해서 너의 SNS를 살핀 거지."

"그럴 리가요. 분명히 비공개로 돌려놨어요."

"비공개로 돌려도, 삭제해도 어딘가에는 정보가 남아. 나는 그걸 보고 말할 따름이야. 그리고 이런 식으로 비밀경매장의 위치도 알아낼 수 있지."

메시아가 말한 바로는 보안을 뚫고, 감춰진 정보를 확인하는 것은 인간에겐 거의 불가능한 일이다.

다시 새롭게 변형된 코드가 침입자를 쫓아내 버리는 것이다.

그 사이의 간격은 불과 1초에서 2초 사이.

보안을 뚫은들 정보를 확인하기에는 터무니없이 부족한 시간이다.

다음 변형될 코드를 예측해서 대입한다고는 하는데 솔직히 고개가 갸웃거려지는 이야기였다.

'한계는 분명히 있지.'

다재다능한, 만능에 가까워 보이는 메시아라도 한계는 있었다.

한계가 없었다면 박용후를 놓칠 리가 없었다.

이가은은 눈을 감았다. 이어 눈을 뜬 것은 5분가량이 지난 후였다.

"……한번 믿어보죠."

"내 협력자가 된 것을 축하한다."

현준은 손을 내밀었다. 이가은이 그 손을 맞잡았다.

"잘 부탁해요. 협력이라는 게 어떤 방식으로 이뤄질지는 모르겠지만 말이죠."

"그건 차차 알아가는 즐거움으로 남겨두자고. 그런데 계속 존댓말 할 건가? 굴에서 반말하다가 갑자기 존댓말 하니까 영 적응이 안 돼."

자신보다 어리다는 것은 알았지만 이미 반말로 시작한 사이다.

매점 점원의 입장에서야 존댓말을 하는 게 이해는 돼도, 이제 협력자로서 동등한 위치에 서게 되었다.

다시 반말로 돌아갈 줄 알았건만 존댓말을 고수하는 것

이다.

"나를 전부 아는 사람에게 서슴없이 말 놓을 생각은 없어
요."

현준은 코끝을 긁적였다.

'언젠가는 적응되겠지.'

안 그래도 도와줄 사람이 한 명 필요한 찰나 운 좋게 실
력 있는 협력자를 얻었다.

'내가 비밀경매장에 접속해 있는 동안 가짜 블랙스타가
본진을 친다. 완벽한 계획이야.'

사실 계획이랄 것도 없었다.

그저 본진을 알아내기 위해선 가상현실 경매장에 접속해
있어야 한다는 조건을 충족했을 뿐이었다.

"접속기랑 이 이상한 헤드셋 같은 거만 있으면 가상현실
에 들어갈 수 있는 거야?"

오랜만에 들른 차고 안에서 현준이 메시아에게 이와 같
이 물었다.

접속기 외에도 몇 가지 필요한 물건을 사긴 했는데 어딘
가 부족해 보이는 건 어쩔 수 없었다.

「접속만 하는 것은 이것만으로도 충분하도다. 나머지는
내 재량으로 처리 가능하도다.」

"바이러스는 어떡하려고?"

「그 부분은 다소 시간이 걸릴 것 같노라.」

"검역하러 안 가봐도 되겠어?"

「이틀이면 충분하도다. 어차피 비밀경매장이 열리기까지 시간이 남지 않더냐.」

어쩐지 메시아의 태도가 평소 같지 않았다. 느낌상으로는 약간 흥분한 것 같았다.

길다고는 할 수 없지만, 그래도 그간 함께한 시간 때문일까?

현준의 망상일 수도 있겠지만 왠지 그럴 것 같다는 심증이 더욱 강했다.

"바이러스 잡는 게 꽤 기대되는 모양인걸."

「경쟁자는 없애야 하도다.」

"경쟁자? 그 말투면 너도 바이러스라는 거냐?"

「그런 저급한 것과 비교하지 말지어다.」

"그리 말할 줄 알았다."

의욕을 보이는 건 사실인 것 같았다.

현준은 어깨를 으쓱하곤 차고에서 빠져나왔다.

'비밀경매는 앞으로 일주일 뒤.'

중간에서 박용후를 놓쳤기에 비밀경매가 시작하길 기다리는 수밖에 없었다.

혹여 서툰 움직임으로 박용후를 데려간 무리를 자극하는

것도 하책이 될 수 있기에 신중을 기해야 했다.

남은 일주일. 하지만 놀 생각은 없었다.

'어둠의 조정자라…….'

실체는 모른다. 듣기만 했다. 각 지구를 뒤에서 조정하는 이들에 대하여 말이다.

반신반의 할 때도 있었다.

그런 게 어디 있느냐며, 그런 이들이 존재한다면 국가가 존속될 수 있을 리가 없다며.

하지만 있었다.

도리어 국가를 운영하는 정부와 손을 잡고 알게 모르게 사람들의 생활에 관여하고 있었다.

비밀경매장은 그런 어둠의 조정자 중 한 명이 하는 여러 사업 중 하나다.

'실체는 여전히 알 수 없었지.'

비밀경매장을 조사하며 어둠의 조정자가 있다는 확증을 얻었지만 정작 실체는 알아낼 수가 없었다. 여전히 그림자에 싸여 있는 인물이었다.

결코 겉에 나오지 않는 이. 현준으로선 짐작도 되지 않았다.

얼마나 대단한 이이기에 국가기밀급의 보안이 걸려 있는 것인지.

그래서 궁금하다.

감히 어둠의 근원이라고도 할 수 있는 사람에 대한 막연한 궁금증과 그를 잡게 될 경우 얻게 될 보상에 대한 묘한 호기심이 들었다.

'솔직히 잡아도 득 될 건 없을 거야. 반대로 내가 쫓기면 쫓겼지.'

호기심은 들었지만 사실 보상은 없을지도 모른다. 어둠의 조정자에게 걸린 현상금은 실제로도 없었다.

하지만 그가 사라지면 F구역의 사람들이 훨씬 더 잘살 것은 분명해 보였다.

적어도 지금처럼 시궁창이라 불리며 모두가 꺼려하는 장소가 되지는 않을 것이다.

등급 간의 격차는 여전히 메우지 못하겠지만 그게 어딘가.

애당초 범죄를 싫어하는 현준이었다.

범죄의 근원이라 한다면 현준이 잡지 않을 이유가 없었다.

'그래도.'

발걸음이 무겁다.

도시전설로나 존재하던 이들이 실재한다.

도깨비 탈로 활동한 대도 현준의 정체가 탄로 날 수 있었다.

하지만 현준은 F지구의 실상을 안다. 보고 있었다. 그로 인한 피해도 입었다. 유독 F지구만 차별이 심하단 것도 몸소 느꼈다.

어둠의 조정자는 이 '차이'를 만든 이들 중 하나일 가능성이 무척이나 높다.

그리고 이 '차이'를 없앤다면 범죄가 일어나지 않을 것이다.

범죄자를 옹호할 생각은 없지만 모든 것은 환경이 좌우하는 탓이다.

뿐만 아니라 어둠의 조정자는 터무니없는 범죄자였다. 도깨비 탈이 되어 결정한 'F구역의 모든 범죄자를 잡겠다'는 생각은 여전히 변함이 없었다. 그 생각의 종착지이니 고민이 필요 있겠는가.

남자가 칼을 꺼냈으면 무라도 썰어야 한다. 그러나 무만 썰 생각이었다면 칼도 꺼내지 않았을 것이다.

'내 목표는 똑같아. 범죄자를 잡는 것. 현상금이 없다고 한들 어둠의 조정자라면 악질적인 범죄자다.'

상대가 거물이라 하여 주저한다면 앞으로도 계속 현준은 이러한 갈림이 있을 때마다 주저할 것이 분명했다. 뭐든지 한 번이 어렵지 두 번, 세 번은 쉬우니까.

바람직하지 않다. 그런 자신을 상상하는 것만으로도 닭살이 돋는다.

'물론 쉽게는 안 되겠지만.'

현준은 고개를 내저었다.

잡을 수 있다면 잡겠지만 비밀경매장 하나를 턴다 하여 잡을 수 있을 인물은 아닐 것이었다.

하지만 벌집을 건드리면 벌들이 쏟아져 나오듯이, 그 벌들마저 처리하면 결국 여왕벌이 행차하지 않겠는가.

'순서대로.'

현준은 가만히 하늘을 올려다보았다.

우선은 박용후를 구한다.

다시는 자신을 판다는 생각을 못하도록 크게 혼낸 뒤에 생각해도 늦지는 않을 것이다.

일주일 뒤, 차고 안.

현준은 헤드셋을 착용했다.

"기분이 묘한데."

「잠깐 어지럼증이 동반될 수도 있도다.」

"그보다 정말 이것만으로 접속할 수 있는 거야?"

묵직하기 그지없는 헤드셋과 접속기, 그리고 메시아의 본체가 연결됐다.

가상현실에 접속하기 위한 물건치곤 초라하기 그지없다.

헤드셋은 단자와 연결되어 무언가를 송수신하는 형태가 되었지만 과연 이것만으로 될는지는 의문이었다.

「비밀경매장과 관련된 프로그램은 내가 다운받았도다. 작업량에 한계는 있겠지만 단순히 경매에 참여하는 것 정도는 가능할 것이도다.」

나머지 부분을 메시아가 직접 대체한다는 소리다.

"내가 접속하고, 시작하면 네가 추적하고?"

「내 본체와 직접 연결한 또 한 가지 이유노라. 사용자는 안에 들어가 최대한 시간을 끌어주길 바라노라.」

"오케이. 나와 관계된 정보는 알아서 커버해 줘."

「걱정 붙들어 맬지어다.」

만사불여튼튼이었다.

만에 하나의 걱정을 토해낸 현준이 헤드셋을 쓰고 자리에 누웠다.

「최대한 숨을 들이쉴 지어다.」

"후우!"

「어지럼증이 생긴대도 거부하려 들지 말길 바라도다. 잠을 잘 때의 감각을 떠올리면 쉬울 것이도다.」

현준은 메시아의 말을 따랐다.

그냥 잠을 자기 위해 누웠다는 생각으로 마음을 편히 하자 곧 스르르 눈이 감겼다.

　메시아가 당부한 어지럼증은 생각보다 크지 않았다. 대신 현준은 그대로 잠에 빠져들었다.

제3장

김용후 구출 작전!

다시 눈을 떴을 때, 현준은 관람석에 앉아 있었다.

'여긴?'

주위를 두르자 검은색 양복을 입고 가면을 쓴 수많은 이가 보였다.

'여기가 가상현실 안이구나!'

색다른 기분이었다.

현실에 있을 때와 별다른 차이는 없는 것 같은데, 전부 똑같으냐고 묻는다면 또 그것도 아니었다. 미약한 감각의 차이가 있었다.

약간 멍하고, 내 몸을 관조하는 기분이 들었다.

툭툭!

손을 뻗자 투명한 벽이 만져졌다. 이 자리 바깥으로는 나갈 수 없는 듯하다.

현준뿐만이 아니라 다른 이들도 마찬가지였다.

주변 이들과 담소는 나눌 수 있지만 나가는 건 불가능한 구조였다.

꽤 흥미가 동했다.

'능력은 안 나가는 것 같군.'

또 다른 점이라면, 능력이 발동되지 않았다.

과연 데이터로 이루어진 세상이라 그런 듯싶었다. 덕분에 더더욱 현실이 아니라는 것을 깨달을 수 있었다.

실내 안은 상당히 넓었다. 아주 넓은 무대였다. 마치 오페라라도 공연할 듯싶은 분위기였다.

화아악!

곳곳에 장식된 미니 라이트가 불을 뿜었다.

'시작했군.'

곧 무대가 열리며 피에로 한 명이 튀어나왔다.

"제237회 비밀경매에 참여하신 여러분을 진심으로 환영합니다."

하얗게 분장하고 붉은 코를 지닌 피에로. 머리 또한 빨개서 섬뜩한 기분이 들었다.

"경매에 들어가기에 앞서…… 깜짝쇼가 준비되어 있으니 많은 호응과 환호 바랍니다."

이어 나오는 흉측한 몰골의 사람들을 바라보며 현준은 인상을 찌푸렸다.

인체개조를 받은 듯 어딘가가 부족하거나 뒤틀린 이들. 그들이 펼치는 쇼를 보며 사람들은 박수를 쳤다.

광기마저 느껴지는 광경이다.

무대 바닥이 피로 흥건하게 젖는 대도 아랑곳하지 않았다.

관람석은 가상현실이지만 무대 위는 현실과 연결되어 있다는 걸 현준은 알고 있었다. 어딘가에서 실제로 저런 일이 일어나고 있는 것이다.

"저희 경매장이 자랑하는 홀로그램 쇼! 즐거우셨습니까? 부디 즐거우셨기를 바랍니다."

홀로그램? 거짓말도 청산유수다.

현준은 내심 혀를 찼다.

'눈 뜨곤 못 봐주겠군.'

가상현실을 처음 접하여 좋았던 기분도 단숨에 사그라졌다.

관람석에 앉은 이들은 정말로 저 광경을 단순한 홀로그

램이라 생각하는 걸까? 알고도 박수를 치고 환호하는 것인지 궁금증이 들었다.

그런 현준의 생각과는 별개로 머지않아 경매가 시작되었다.

우주선 등과 같이 고가의 물건들이 나오는가 하면 진짜 인간의 거래도 이뤄지고 있었다. 흔히 말하는 노예가 그것이다.

'시간을 끌라고 했는데…….'

메시아가 위치를 정확하게 특정하기 위해선 시간을 끌 필요가 있었다.

그러나 무작정 손을 들고 훼방을 놓았다간 쫓겨날 우려가 있었다.

우선 이곳의 분위기를 확인할 필요가 있었다.

"자, 꽤 상품의 남자아이입니다. 두뇌가 명석한 편이니 무엇을 가르쳐도 대성할 것으로 생각합니다. 상처도 없으며 열 살에 활발한 성격, 혈액형은 O형, 시작가는 칠천만 원입니다."

현준이 경매장의 분위기를 대략적으로나마 파악했을 때즈음, 눈에 익은 모습의 남자아이가 무대 위에 섰다.

속옷 한 장만 걸쳐 입고 옅은 화장을 칠하기는 했지만 알아보지 못할 수준은 아니었다.

다른 노예와 달리 당당한 기색까지 엿보여서 착각이란 생각은 전혀 들지 않았다.

'박용후!'

현준은 손을 들었다.

"칠천만 원."

"33번의 손님. 칠천만 원 부르셨습니다. 더 없습니까?"

"팔천만 원."

"구천만 원."

"일억!"

가격은 청천부지로 솟아올랐다.

어린 노예의 가격은 평균 칠천만 원 선이었다. 외모가 괜찮고 몸이 건강하다 보니 박용후의 가격이 높게 측정되고 있는 것이다.

"40번 손님. 일억 오천만 원 부르셨습니다. 더 없습니까? 없다면 이 가격에 낙찰됩니다."

더는 손을 드는 사람이 없었다. 이대로 저 가격에 낙찰될 가능성이 농후했다.

현준은 주먹을 한차례 쥐어 보였다.

더 질러보는 것도 괜찮겠지만…….

"잠깐!"

"33번의 손님. 할 말이 있으십니까?"

피에로의 시선이 현준에게 향했다.

현준은 살짝 거들먹거리며 말했다.

"그 아이. 이미 한 번 팔린 노예 아닌가? 분명 어떤 과학자에게 팔렸던 걸로 기억하는데 말이야."

웅성웅성!

관람석이 시끄러워졌다.

이미 한 번 팔린 노예의 경우 가격이 상당히 낮아짐은 두말할 필요가 없다.

교육이 끝났대도 주인마다 원하는 교육의 방향이 다른 것은 두말할 필요가 없고, 누군가의 손을 탔다면 중고라 인식하는 경향이 있어서다.

어떤 과학자라는, 마치 '나는 모든 걸 알고 있다'는 듯이 말했으니 피에로도 함부로 농담 취급할 순 없을 터였다.

예상대로 피에로는 한 발자국 물러나는 것을 택했다.

"아! 막 들어온 정보에 의하면 이미 한 번 팔린 경력이 있군요. 미리 알려드리지 못해서 죄송합니다."

"팔렸던 아이라면 나는 사지 않겠어."

40번 좌석에 앉은 남자가 경매 포기를 선언했다.

"예! 그러면 경매를 다시 시작하겠습니다. 삼천만 원으로 시작합니다."

물 흐르듯 이 일을 없었던 것으로 치부하려는 피에로였

다. 현준은 크게 외쳤다.

"이대로 그냥 넘어가는 건 너무한 거 아닌가? 충분히 사전에 알 수 있었던 부분인데 고지하지 않은 것도 그렇고, 이대로 어물쩍 넘어가는 건 손님을 호구 취급하겠다는 거야 뭐야?"

"미리 알아보지 못한 점, 분명히 저희 측에 잘못이 있습니다. 그래서 시작가를 낮춰서……."

"아니! 보아하니 이런 식으로 넘어간 게 한두 차례가 아닌 것 같은데, 시작가만 낮춘다고 될 일이야? 여태껏 속은 사람들은 뭐가 돼? 대놓고 호구 취급은 괘씸해서 못 봐주겠군!"

"확실히, 그냥 넘어가기엔 조금 그렇군."

"나도 여기서 노예를 몇 샀는데, 그중 두 명은 이미 팔렸던 경험이 있었어. 말은 안 했지만 경매장 측의 태도는 너무한 경향이 있지."

관람석 사람들의 소리가 점차 커져갔다.

비밀경매장.

그곳에 참여할 수 있다는 도취감과 원래부터가 합법이 아니기에 다소 부정한 부분을 넘길 수 있었다.

한 번 이곳에 참여한 이들은 마치 마약과 같은 중독성 때문에 혹시나 참가자격을 박탈당할까 봐 입을 열지 않은 것도 사실이다.

하지만 누군가가 총대를 멘다면 이야기는 다르다. 그런 현준의 예상이 확실하게 먹혀들고 있었다.

'진상손님이 뭔지 제대로 보여주마.'

현준은 내심 미소를 지었다.

가상과 현실을 이어주는 프로토콜(Protocol)은 무수히 많다.

기본적이고 간단한 프로그램조차도 수억 개의 프로토콜이 연결되어 호환하고 있었다.

하물며 가상현실을 유지하고 가능하게 하려면 얼마나 방대한 양의 데이터가 필요할지 감조차 잡히지 않는다.

메시아는 현재 현준과 가상을 잇는 중간 다리에서 데이터를 송수신하는 연결고리를 추적하는 중이었다.

2초에 한 번씩 프로토콜 자체의 타입이 바뀌었고, 바뀌는 양은 약 27조 개의 데이터에 달했다.

즉, 2초 안에 27조 개의 데이터를 해석해야 한다는 뜻이었다.

뿐만 아니라 가상과 현실을 잇는 지점을 추적하려면 그보다 몇 배의 해석 능력을 필요로 했다.

현재의 양자컴퓨터로는 어림도 없고, 지금 시대에서도 슈퍼컴퓨터라 불리는 몇몇 기기만이 가능한 작업을 메시아는 해내고 있었다.

경찰의 현상범 수배 목록을 슬쩍 엿보는 것과는 차원이 다르다.

위성의 능력까지 빌려서 풀가동하는 중이었지만 금세 메시아의 본체가 붉게 달아올랐다.

처리할 정보의 양이 너무나도 많았다.

그만큼 가상현실 기술은 고도화되었고 보안 기술 등급 역시 높았다.

무수히 많은 가상현실 게임이 존재하지만 가상현실을 제공하는 서버는 하나.

전면특허라고 봐도 좋다.

유럽 굴지의 가상현실 회사 '세이버(Saber)'가 독점하고 있었다.

그것이 가능한 건 그만큼 세계적인 기술을 보유하고 있어서다.

기기 자체가 사람의 목숨과 연결되어 있기에 인정받은 서버를 이용하여 안정화를 꾀해야 했고, 세이버의 기술력을 따라올 곳이 없었기에 다른 회사들은 자연스럽게 도태되어 갔다.

그러나 메시아는 세이버가 운영하는 서버 속 수많은 데이터의 바다를 헤엄쳐 다니며 경매장의 실제 위치를 추적하고 있었다.

물론 세이버의 서버도 보안등급이 여러 가지라 위로 갈수록 복잡하고 어지럽지만 메시아가 헤집고 다니는 이곳은 적어도 B+급은 되었다.

이는 일반적인 가상현실 게임회사가 이용하는 서버보다 0.5단계 정도 높은 보안등급이었다.

단순히 처리할 데이터 외에도 각종 더미가 메시아를 기다리고 있었는데, 몇몇 더미에선 구시대의 바이러스가 출몰하여 훼방을 놓았다.

'처리, 분석…… 혹스 종류의 바이러스.'

진짜 프로토콜인 양 위장하여 자신의 정체를 속이려는 혹스 바이러스. 발견 즉시 메시아는 그를 구분하고 따로 격리시켰다.

치료, 혹은 삭제하려면 작업 속도가 늦어진다. 하여 메시아는 바이러스만을 격리시키는 가상의 공간을 자신의 본체에 만들었다.

자칫하다간 바이러스에 감염되어 메시아 자체가 산산조각 날 가능성이 없진 않았지만 개의치 않았다.

'가소로운 녀석들이도다.'

실제로 격리시켜 놓은 바이러스들이 격발하여 격리 구역을 어지럽히고 있었다.

조금의 틈이라도 보이면 감염시켜 버리겠다는 하나의 의지만으로 움직이는 중이었다.

하지만 메시아는 묵묵히 더미를 지나 멈추지 않고 데이터를 해석했다.

덕분에 초당 3,000여 개 정도의 바이러스가 격리 구역에 쌓여갔다.

모든 능력을 데이터 해석에 쏟아붓느라 허용 용량이 50만 정도뿐이 되지 않았다.

이대로는 기껏해야 170초가량을 버틸 수 있을 따름이다.

시간과의 싸움.

하나 메시아는 이 모든 게 가소로울 따름이었다.

'꽁꽁 잘 숨겼다고 생각했겠지만⋯⋯.'

찾겠다고 결정한 이상 메시아가 찾지 못할 리 없었다.

데이터의 수용 한계가 찾아오고, 메시아의 본체가 붉다 못해 열기를 뿜어댔다.

그럴수록 메시아는 자신의 처리 능력을 극한까지 끌어올려 진짜 프로토콜을 찾아내는 데 성공했다. 현준이 있는 가상현실과 연결된 진짜배기다.

그러나 2초가 지나면 이 또한 전혀 다르게 바뀌어 버린다. 주어진 시간 내에 좁은 구멍을 넓히고 그 안에 침투해야 했다.

'어림 반품어치도 없는 소리도다.'

메시아는 격리시킨 모든 바이러스를 이 프로토콜에 풀었다.

40만 개가 넘는 바이라스가 프로토콜을 오염시키기 시작했다.

찰나라는 말조차 아까울 사이에 메시아가 그 사이를 통과했다.

동시에 메시아는 자신에게 위장색을 입혔다.

프로토콜을 통과한 즉시 바이러스들은 강력한 백신에 의해 박멸되어 사라졌지만 메시아만은 논외였다.

순식간에 백신으로 위장하여 기기 내에 침투하는 데 성공한 것이다.

'대단한 장비들이로군.'

하나처럼 연결된 기기들. 이것이 현준이 있는 가상 경매장과 연결된 백업 서버다.

요컨대 바탕화면을 세이버의 서버로 이용한다면 그 안에 있는 것들이 전부 이곳에 있다는 소리다.

그런 기기들이 수십 개가 있었다. 돈으로 환산하면 수백억은 우습게 나올 것 같았다.

얼마나 대단한 배경이 존재하기에 이 정도 규모로 경매장을 운영할 수 있는지, 궁금한 것도 사실이었다.

'아쉽게도 처리 능력이 한계에 달했도다.'

문제는 위장하고 있는 것 자체도 지금으로선 버겁다는 거다.

이곳에 들어오려고 처리 능력을 한계까지 운용하였으니 당연한 결과였다.

가상 경매장의 규모는 컸다.

백업 서버에 들어온 즉시 메시아는 근처의 CCTV를 엿볼 수 있었고 곧 경매장의 실체를 확인했다.

크고 어두운 세트장 안에서 각종 물건과 사람들이 한데 모여 있었다.

세트장 구석에 따로 준비된 방 안에선 경매 진행자로 보이는 이가 마이크를 쥔 채 자리에 앉아 현준과 씨름하는 중이었다.

진행자의 얼굴은 붉게 달아올라 있었고, 박용후는 어리둥절한 표정으로 세트장 위에 가만히 서 있을 뿐이었다.

"손님, 들어오실 때 확인시켜 드린 부분입니다. 이미 판매한 물건에 대해서 일정 기간이 지났다면 변상은 불가능합니다."

진행자는 뒷목을 부여잡았다.

그러는 사이 세트장 근처에 있던 거구의 양복을 입은 사내 하나가 부하에게 말했다.

"33번…… 처음 보는 놈 같은데, 뭐하는 놈인지 알아 봐."

그러자 부하로 보이는 이가 고개를 내저었다.

"비공개 처리되어 있어서 신원을 확인할 수 없습니다."

"우리 경매장 가입 조건이 신원 공개였을 텐데?"

"그게 어느 순간에 갑자기 가입이 되어 있다고 나와 있어 서. 저도 잘 모르겠습니다."

세트장 전체가 혼란에 잠겼다.

현준의 정보를 아예 막아놓은 것 역시 메시아의 작품이 었다.

'이런 곳에 있었군.'

메시아는 이곳의 위치를 확인한 즉시 몰래 기기 한곳에 바이러스를 심었다.

자신이 격리시켰던 것 중 가장 강력하며 위장이 뛰어난 것인데, 살짝 변형하여 백신에 걸리지 않도록 만들었다.

이제 이 바이러스가 실시간으로 이곳의 상황을 알려줄 것이다.

들어오는 게 어렵지 빠져나가는 것은 쉽다. 메시아는 프 로토콜을 경유해 원래의 장소로 빠져나와 이가은에게 연락 을 보냈다.

'나는 이제 좀 쉬겠도다.'

주어진 일은 전부했다. 지금 남은 용량으로는 최소한의 서포트밖에 할 수 없었다.

과부하가 걸리는 걸 방지하려면 앞으로 몇 시간은 열기를 식혀줘야 했다.

'알아서 잘해보거라.'

그의 사용자는 제법 특이한 구석이 많지만 그래도 믿을 만 했다.

어련히 알아서 잘 것이라 생각하며 메시아는 본체의 전원을 껐다.

*　　　*　　　*

한창 입씨름을 하던 도중 경매가 중단됐다.

진행자가 당황하여 '블랙스타' 라 외치는 걸 현준은 들을 수 있었다.

'성공한 건가?'

이가은이 진짜 경매장을 급습하는 데 성공한 것 같았다. 이어 피에로가 사라지자 웅성거림이 잦아졌다.

'그럼 슬슬 준비해야겠군.'

혼란을 틈타 빠져나간다. 원래부터 없었던 것처럼 접속을 종료할 셈이었다.

"메시아!"

한데 도통 메시아가 말이 없었다.

위치를 잡아내고 이가은에게 연락을 보냈다면 지금쯤 현준에게도 뭔가 언질이 있어야 했다.

'나 접속 종료하는 방법 같은 건 모른다고.'

무작정 들어오면 메시아가 어련히 알아서 잘 처리해 주리라고 믿었다.

믿는 도끼에 발등 찍힌다는 말이 메시아에게 통용될 줄이야.

다행히 30여 초가 지나자 머릿속으로 메시아의 목소리가 들려왔다.

「접속을 종료하시겠습니까?」

"너 누구야?"

메시아가 이렇게 친절할 리가 없었다.

「저는 메시아님의 보조 AI입니다.」

"진짜 메시아는?"

「메시아님은 현재 취침 중이십니다.」

"……잔다고?"

「연산처리 허용 한계가 넘어가 급속 휴식을 취하고 계십니다. 접속을 종료하시겠습니까?」

무슨 말인지는 모르겠지만 대충 지쳐서 잔다는 것 같았다.

현준은 고개를 끄덕였다.

"종료해 줘."

「접속을 종료합니다. 미약한 충격이 있을 수 있습니다. 충격에 대비하십시오. 5, 4, 3, 2, 1.」

화아악!

시야가 흐릿해지며 공간이 접혀갔다. 마치 블랙홀에 빨려 들어가는 것 같다고나 할까?

'기다려라. 형이 곧 간다.'

현준은 접속이 종료되는 와중에도 어리벙벙한 표정의 박용후를 빤히 쳐다보고 있었다.

*　　　*　　　*

박용후는 멍하니 세트장 위에 서서 아래의 상황을 바라보고 있었다.

"막아!"

"잡아!"

이유는 뜬금없는 블랙스타의 출현 때문이었다.

수십 명의 사내가 블랙스타 한 명을 잡고자 움직였지만 역부족이었다.

블랙스타는 고양이처럼 유연하게 움직이며 차례차례 사

내들을 쓰러뜨리고 있었다.

블랙스타 주변을 도는 어른 주먹만 한 구체가 레이저 빔을 토했고, 20㎝가량의 얇은 소도로 상대를 제압하는 블랙스타에 의해 사내들은 우왕좌왕하였다.

그러나 박용후는 블랙스타의 정체를 알고 있었다. 아니, 확실하진 않지만 어렴풋이 알 것 같았다.

'가은 누나?'

굴속에서 종일 동고동락한 시간이 꽤 길다.

변장을 했더라도 특유의 눈빛과 체형은 뇌리에 깊이 남아 있었다.

블랙스타가 진짜 가은 누나인 걸까?

만약 그녀라면 왜 이곳에 있는지 알 길이 없었다.

적어도 자신이 목표는 아닌 것 같았다. 그녀는 박용후는 안중에도 없다는 듯 오로지 덤벼드는 사내들만을 처리하고 있었다.

"천장이다! 천장에 있다!"

"저 망할 자식이 우리 집을 활보하도록 놔두지 마!"

갑작스러운 기습에 양복의 사내들은 정신을 차리지 못했다.

그나마 몇몇 간부급으로 보이는 이들이 솔선하여 통솔을 했다.

시간이 지나자 어느 정도 적응이 된 사내들이 블랙스타를 도리어 압박하기 시작했다. 체계적으로 훈련을 받은 듯 주변을 에워싸고 다가갔다.

'뒤! 뒤에요, 누나!'

박용후는 발만 동동 굴렀다.

약을 먹어서 목소리가 나오지 않았다. 혼자 빠져나가자니 세트장이 너무 높았다.

어떻게든 끙끙대며 세트장 무대 위에서 내려가려고 안간 애를 썼다.

올라올 때에야 커다란 기계가 태워다 줬다지만 그 기계도 지금은 움직이지 않았다.

그러나 낭떠러지와 같이 가파른 벽을 어린아이 혼자 내려가기란 쉽지 않은 일이다.

양손을 얹고 무작정 매달려 봤지만 도무지 내려갈 방법이 보이지 않았다.

'어떡하지?'

점점 양팔이 저려오고 있었다.

슬쩍 고개를 돌려 상황을 확인하니 블랙스타가 수세에 몰리는 건 확실해 보였다.

'내려가야 되는데…….'

내려간들 도움이 되진 않겠지만, 블랙스타를 이가은이라

생각하니 가만히 있을 수가 없었다.

'아⋯⋯.'

이내 팔 한쪽이 무너졌다.

박용후는 눈을 질끈 감았다.

떨어지면 많이 아플 것이다. 아픈 것에서 끝나지 않을지도 모른다.

보육원 선생님의 얼굴이 머릿속에 아른거렸다.

툭!

"⋯⋯?"

박용후는 내심 고개를 갸웃했다.

떨어질 줄 알고 눈을 감았건만, 시간이 지나도 떨어지지 않는다.

실눈을 뜨고 고개를 들자 누군가가 자신의 손을 붙잡고 있었다.

"꼬맹아, 뭐하니?"

무섭게 생긴 탈을 쓴 남자였다.

상대를 확인한 박용후의 눈이 함지박하게 커졌다.

'도깨비 탈!'

박용후가 그 이름을 모를 리 없었다.

자신의 눈앞에 있는 이.

분명히 도깨비 탈이었다.

F지구에서, 특히 아이들에게 있어서 선풍적인 인기를 끌고 있는 남자.

얼굴도, 나이도 알려진 게 없지만 무섭게 생긴 도깨비 탈을 쓰고 다닌다는 것만은 널리 알려졌었다.

그를 모방하여 도깨비 탈을 쓰고 다니는 사람도 많았다.

그러나 도깨비 탈만 유사할 뿐이다. 악마보다 더욱 악마 같은 분위기로 범죄자를 잡고 다닌다는 그런 느낌은 결코 없었다.

눈앞의 남자도…… 어쩐지 무서운 것보단 익살스러운 기분이 강했다.

하지만 사람은 믿고 싶은 것을 믿는다. 지금과 같이 위급한 상황에서 나타난 도깨비 탈은 박용후에게 진짜보다 더욱 진짜같이 다가왔다.

"짜식, 넋을 놨네. 일어나, 가자."

도깨비 탈이 박용후의 팔목을 잡았다.

그러자 박용후는 냅다 고개를 내저으며 이가은이 있는 방향을 가리켰다.

"가은 누나…… 아니, 블랙스타를 도와주세요!"

도깨비 탈은 자못 놀란 눈빛으로 잠시 박용후를 내려다봤다. 그러다가 피식 웃음을 흘렸다.

"당연히 그럴 거야."

하지만 말과 달리 도깨비 탈은 박용후를 챙길 따름이었다. 이에 박용후가 소리를 높였다.

"저보다 빨리 블랙스타를."

"지금 블랙스타보다 위험한 게 너거든? 그리고……."

도깨비 탈은 슬쩍 블랙스타가 있는 방향을 쳐다보곤 다시 고개를 돌려 말했다.

"이 앞은 어린애가 시청하기에 다소 부적절한 장면이 포함될 거 같거든."

제4장

어둠의 조정자

현준은 박용후를 수월하게 빼내는 데 성공했다.

모두 이가은의 덕이었다. 이가은이 미끼 역할을 잘 수행해 준 것이다.

'그럼 뒷정리를 시작해 볼까?'

뒷정리.

별거 없다.

이곳 경매장을 쓸어버리는 거다. 그리고 경매장과 연결된 흑막을 알아내는 거다.

현준은 커다란 폐공장을 올려다봤다. 경매는 이곳 폐공

장에서 진행되고 있었다.

안으로 들어가자 여전히 피나는 살육전이 진행되고 있었다.

피를 흘리는 쪽은 경매장 측의 인물들이었지만 이가은 쪽도 슬슬 한계였다. 과연 혼자 처리하기엔 숫자가 너무 많았다.

'그나저나.'

현준은 이가은을 예의주시하였다.

굴속에서 한 차례 부딪힌 경험은 있지만 그 시간은 굉장히 짧았다.

애당초 먼저 지나가는 게 목표였으니 길게 싸울 필요가 없었다.

당연히 이가은이 어떠한 방식으로 싸우는지 관심 있게 보지도 않았다.

이가은의 주변을 날아다니는 은색의 구체.

그것이 붉은빛을 발할 때마다 레이저가 세 방향으로 쏘아졌다.

자동으로 적을 분별하여 처리할 정도의 AI를 가지진 않은 것 같다.

그러기엔 움직임이 굉장히 단조롭다.

'직접 조작하는 건가?'

대단한 동체시력의 소유자다. 라고 생각한 순간 현준은 고개를 휘휘 저었다.

지금은 이런 한가한 감상이나 내뱉고 있을 때가 아니었다.

독 안에 든 쥐들을 사냥할 시간이었다.

워낙 조용히 온 탓에 현준을 인식한 사람은 없었다. 블랙 스타 한 명을 상대하기에도 바쁜 탓이다.

사냥을 시작하기 전, 현준은 현장을 훑었다.

경매장을 지키는 파수꾼은 어림잡아 오십여 명 정도. 대부분이 뜨내기지만 몇몇은 개조자였다. 하지만 강하단 인상을 주는 사내는 없었다.

그러던 와중 이가은과 눈이 마주쳤다.

그녀는 매우 화가 난 눈초리로 '안 돕고 뭐 해요?' 라고 말하는 듯했다.

'거, 성격 급하긴.'

처음의 목표인 박용후를 구해서일까?

현준의 마음은 다소 느긋해져 있었다. 하지만 이가은을 버리고 갈 수도 없는 노릇.

쿵!

가볍게 발을 굴렀다.

폐공장 전체를 가득 울린 묵직한 소리.

한참 대치하던 이들이 현준을 쳐다봤다.

"저 새낀 또 뭐야!"

도깨비 탈은 본디 말이 없다. 대신 행동으로 보여줄 뿐이다.

화르륵!

전신에서 작열하는 화염!

어두운 폐공장이 붉게 물들었다.

"조심해라! 개조자다!"

"한패냐?"

"상관없어! 쳐!"

한참 싸우는 와중이었고, 현준이 좋은 의도로 들어온 게 아닌 것은 한눈에도 보였다.

하지만 당장 이가은을 포위한 인원을 빼낼 수는 없는 노릇.

현준을 향해 달려온 건 고작 일곱 명이었다.

'실망인걸?'

약해 보인 걸까?

게다가 아무리 지구가 다르다지만 저 중 한 명은 자신을 알아볼 줄 알았는데…….

'아주 유명한 건 또 아닌가 보네.'

현준은 입맛을 다셨다.

나름 유명세를 타고 있다 생각했지만 F지구 한정이다.

그 외의 지구에서 도깨비 탈을 아는 이들은 극소수였다.

피부에 닿아야만 비로소 느낄 수 있기에, 또한 다른 지구의 일에 신경 쓰기엔 세상이 너무나 각박한 탓이다.

툭. 투툭.

다가오는 이들.

7명의 남자는 척 보기에도 피라미였다.

아무 특징 없는 부하들. 개조자는 없었다. 칼 따위를 들고 어슬렁어슬렁 걸어왔다.

긴장한 기색은 있지만 두려움은 없어 보였다.

잠시 후 벌어질 일에 대해선 전혀 상상이 가지 않는 듯했다.

나름 화려하게 등장한다고 해봤지만 그다지 영향은 없었던 모양이다.

현준은 검지를 까딱였다.

얕보였다면 깨닫게 해줄 수밖에 없었다.

"안 들어오고 뭐 해?"

고수가 하수에게 선공을 양보하듯 현준은 느긋하게 저들이 마저 다가오길 기다렸다.

어차피 도망칠 곳도 없다. 굳이 서둘러서 일을 처리할 필요 역시 없었다.

박용후를 좇으며 쌓인 스트레스를 날려 버릴 절호의 기회였다.

천천히, 씹고 뜯고 맛보고 즐길 작정이다.

"죽여!"

그리고 예상처럼, 기대한 바와 같이 일곱 명이 일제히 달려들었다.

현준은 손을 털었다.

눈앞에는 속옷까지 타버려 전신이 까맣게 그을린 남자가 현준을 노려보는 중이었다.

"우리 보스께서 너를 아주 잔혹하게 죽일 거다!"

"아직 덜 탔나 보군."

"……."

남자가 급히 입을 닫았다.

눈앞의 남자에게 덤볐다가 스러진 부하가 절반. 아니, 삼분지 이를 넘었다.

대부분이 한주먹 거리도 되지 않았다는 게 남자로선 충격이었다.

심지어 그 대부분에는 개조자도 포함되어 있었다.

대체 누구란 말인가.

도깨비 탈을 쓰고 활동하는 이에 대해선 들은 바가 없었다.

당연한 일이다. 도깨비 탈이 유명하대도 F지구 한정인 탓이다.

거기다가 남자는 전 지구를 돌며 경매를 일삼는 중개자였다.

F지구에서 조금 유명세를 탄들 귀에 들어올 리 없었다.

처음 침입자가 한 명 처들어왔을 땐 여유만만 했다. 부하들의 희생이 있긴 했지만 조금씩 몰아가는 것에 성공했기 때문이다.

하지만 저 도깨비 탈이 들어오자마자 전세가 뒤집어졌다.

속수무책으로 밀려서 증원 요청조차 하지 못했다.

'저 무능한 놈.'

남자는 흘긋 자신의 바로 옆에 대(大)자로 쓰러진 거구의 사내를 쳐다봤다.

십억이 넘는 돈과 갖은 정성을 들여서 고용한 A급의 용병이다.

남아공 출신이며 오직 전투만을 위해 개조받은 개조자였다. 그러나 이 용병도 도깨비 탈을 막진 못했다.

'빠져나가기만 하면 이런 녀석들쯤은……'

남자가 도깨비 탈의 눈치를 살폈다.

자신의 뒤에 있는 진짜 '정예'는 이곳에 있는 녀석들과는 차원이 다르다.

자신이 힘들게 영입한 용병도 몇 수는 접어야 할 이들이 즐비했다.

증원을 요청할 수만 있다면 이깟 두 놈 따위는 모기 잡듯이 잡을 수 있을 것이었다.

"눈알 굴리지 마라."

남자의 그런 속내마저 읽었다는 듯 도깨비 탈, 현준이 눈을 부릅뜨고 말했다.

그러고선 현준은 주변을 둘러봤다.

쓰러진 사내들 외에도 경매물품이 숱하게 쌓여 있었다. 개중에는 사람도 많았다.

나이, 성별, 인종, 모든 게 제각각이었다. 족히 서른 명은 되는 것 같았다.

그들은 하나같이 반쯤 겁에 질린 눈초리로 현준과 이가은을 바라보고 있었다.

'다른 것보다 이 사람들이 문제인데.'

현준은 턱을 쓸었다.

돌아가는 꼴을 보아하니 납치당해 이곳으로 온 이가 절반은 넘을 듯싶었다.

하지만 돈으로 인해 팔린 이들도 있을 것이다. 이들을 풀어준다 한들 다시 잡혀올 게 분명했다.

경매장의 뿌리를 아예 뽑지 않는 한은 말이다.

'뿌리를 뽑아야겠지?'

어둠의 조정자.

놈이 뿌리다.

지구마다 존재하며, 이곳 경매장은 F지구를 담당하는 어둠의 조정자일 가능성이 크다.

톡톡.

그때였다.

이가은이 현준의 어깨를 두드렸다.

"……?"

현준은 의아해하며 고개를 돌렸다. 그러자 이가은이 현준의 귀에 대곤 작게 말했다.

"정체가 뭐예요?"

"난데없이 무슨 소리야?"

"터무니없이 강하잖아요. 굴 안에서 싸울 땐 봐준 건가요?"

"안중에도 없었지."

"뭐라고요?"

사실 굴속에서 얻은 깨달음 덕택에 전보다 훨씬 강해질

수 있었다.

하지만 그걸 설명한다고 곧이곧대로 믿을 것 같지도 않아서 대강 얼버무렸다.

"그보다 저 사람들. 돌려보내면 되는 건가?"

"설마 아무런 계획 없이 이런 일을 벌인 건?"

"나야 꼬맹이만 구하면 됐으니까."

뻔뻔함의 극치를 달리는 현준의 발언에 이가은이 이마를 짚고 한숨을 내쉬었다.

"정말 답도 없군요."

현준은 슬쩍 고개를 돌려 전라인 상태로 무릎 꿇은 채 고개를 숙인 중개인을 바라봤다.

"답이 없긴 왜 없어? 저기 있잖아."

"저 사람과 이 경매장이 어둠의 조정자와 연관이 있는 거라면, 그렇겠죠."

"확실해. 관계있어. 쉽게 불지는 않을 거 같지만."

현준은 확신했다.

적어도 메시아의 말이 틀린 적은 없었으니까.

"무슨 자신감이에요?"

"아니, 적이 들이닥쳤으면 뭐라도 부르지 않았겠어? 원군이라든가."

부를 수 있는 시간은 충분했다.

원군이 온다면 이와 같은 일을 반복할 뿐이다.

그러다 보면 언젠가는 진짜가 나오지 않을까? 하고, 현준은 단순하고 짝이 없는 생각을 하였다.

"오면 제가 제일 먼저 도망칠 테니까 알아서 하세요. 그리고 저는 따로 내부를 조사를 해보겠어요. 저 사람들은⋯⋯."

"내가 말하지."

현준은 아직도 상황이 정리되지 않아 부들부들 떨고 있는 사람들 가까이로 다가갔다.

대부분이 한국인이지만 나이도, 성별로, 국적도 제각각인 사람이 있었다.

다섯 명가량이 있었는데 그중 한 명이 바로 딥피아의 여자였다. 그녀만이 유일하게 현준에게 겁을 먹지 않은 상태였다.

이가 전부 빠져서 움푹 들어간 볼, 붉게 충혈된 눈은 미관상 좋지는 않았지만 사나운 눈빛은 살아 있었다.

현준은 그 정신력에 감탄하며 사람들을 향해 말했다.

"겁먹지 마십시오. 경매장과 관련된 놈들은 저와 블랙스타가 처리했으니 집으로 돌아가서도 좋습니다."

도깨비 탈의 모습이라지만, 현준이 말을 놓는 건 어디까지나 '나쁜 놈' 한정이었다.

억지로 끌려오거나 사정이 있어서 잡혀온 사람은 그 카테고리에 속하지 않았다.

"저, 정말 돌아가도 괜찮은 건가요?"

여자아이 한 명이 손을 들고 말했다. 현준은 가볍게 고개를 끄덕였다.

"괜찮단다. 내가 무섭게 생겼지만 착한 사람은 안 건들거든. 아니면 무슨 죄를 저질러서 잡혀온 거니?"

"아니에요. 친구랑 놀고 있다가……."

"가족이랑 친구들이 기다리고 있겠다. 어서가."

여자아이가 엉거주춤 일어나자 뒤이어서 사람들이 굽힌 무릎을 펴기 시작했다.

"고맙습니다!"

"도깨비 탈, 고마워요!"

다행히 이 중에는 도깨비 탈을 알고 있는 이가 꽤 되는 것 같았다. 몇몇 이가 도깨비 탈을 연호하며 폐공장을 빠져나갔다.

"고마워요, 블랙스타!"

물론 블랙스타에 대한 감사를 전하는 이도 제법 있었다.

폐공장 구석에 위치한 작은 방 안에서 자료들을 조사하던 이가은은 고마워하는 이들의 목소리가 들릴 때마다 어깨를 들썩거렸다.

'블랙스타의 이름을 사람들의 뇌리에 다시 되새기는 게 그녀의 목표였으니 좋을 법하지. 그런데 그런 것치곤 익숙하지 않은 모습인걸.'

사람들에게 고맙다는 말을 듣는 게 어쩐지 익숙하지 않은 것 같았다.

가면에 둘러싸여 얼굴을 확인할 수 없지만 반응으로 보아하니 의외로 사람들을 구하거나 하는 경험 자체가 적은 모양이었다.

전의 블랙스타와 마찬가지로 범죄자만 잡고 다녀서일까?

고개를 내저은 현준이 이윽고 홀로 남은 딥피아의 여인을 바라보았다.

우주 해적 딥피아. 그곳의 일원이라면 한국말을 모를 법도 했다.

다른 외국인의 경우엔 사람들의 반응을 보고 행동했지만 뭐, 모를 수도 있는 거다.

'딥피아 사람이라도 영어는 통하겠지?'

대수롭지 않게 생각하며 현준이 영어로 말했다.

"원래 있던 곳으로 돌아가세요. 이제 당신을 괴롭히는 사람은 없습니다."

"이름을 알려줘요."

이가 없어서 발음이 솔솔 새어 나오긴 했으나 대충 알아

들을 수는 있었다. 그러나 본명을 밝힐 수는 없는 노릇이
다.

"사람들은 나를 도깨비 탈이라고 부릅니다."

"도깨비 탈. 딥피아의 규칙을 아나요?"

"모릅니다."

그녀는 자리에서 일어났다. 그러더니 곧장 곁눈질로 이
쪽을 살피던 중개인에게 다가가기 시작했다. 중간에 쓰러
져 있던 사내에게서 날카로운 칼을 집어 든 그녀는 살기를
흩날렸다.

"…잠깐!"

그녀가 무슨 행동을 취할지 눈치챈 현준이 막아서려고
다가갔지만, 그녀의 손이 더 빨랐다.

스윽!

칼로 중개인의 목을 거침없이 그어버린 그녀가 중개인의
목을 들었다. 중개인은 소리조차 지르지 못하고 비명횡사
했다.

그 기술에 감탄하다가도, 머리만 달랑대는 중개인의 얼
굴을 보곤 눈살을 찌푸릴 수밖에 없었다. 그녀는 그런 게
아무렇지 않다는 듯, 오히려 미소마저 지으며 중개인의 목
을 들고 공장을 빠져나갔다.

"내 이름은 알트로. 기억하고 있어요, 도깨비 탈."

빠져나가기 전에 딥피아의 여인이 마지막으로 한 말이다.

현준은 아무런 대답도 하지 못했다. 그러기엔 방금 전 일어난 일이 워낙 충격적인 탓이다. 마지막에 보인 미소조차도 말이다.

'아아!'

한참 뒤 제정신을 차린 현준은 내심 단말마를 내질렀다.

'중요한 놈을 죽이면 어쩌자는 거야?'

시간이 제법 흘렀음에도 원군이 도착하지 않은 것을 보면 부르지 않았거나 상대 쪽에서 오지 않은 것이었다.

그렇다면 남자에게서 나머지 정보를 캐냈어야 했는데 뜻하지 않게 죽어버린 것이다.

"꼬맹이만 구한 꼴이 돼버렸군."

그래도 소기의 목적은 달성했다.

처음부터 박용후만 구할 생각으로 움직였으니 실손을 따지자면 손해는 아니었다.

「데이터 칩을 챙기십시오.」

일이 얼추 정리되자 보조 AI가 현준에게 말을 걸었다.

"데이터 칩?"

현준이 갸웃하며 물었다.

이어 보조 AI가 설명했다.

「메시아 본체가 이곳 서버에 침입했을 때 발견한 경매 물건입니다. 한 가상현실 게임의 데이터가 담겨 있는 칩으로, 이곳 경매장에서 가장 값이 나가는 물건이라고 합니다.」

"내가 가져가도 되는 건가? 주인이 있을 텐데."

경매라는 건 누군가가 팔고 누군가가 낙찰받는 구조다.

이곳 비밀경매장은 그 구조가 조금 다른 것 같지만 분명히 경매를 붙이려는 사람도 있었을 것이었다.

「정상적인 루트로 넘어온 물건과 사람은 없다고 합니다. 이후 선택은 사용자에게 달려 있습니다. 하지만 메시아는 그것을 꼭 챙겨가길 제게 당부했습니다.」

"당부까지 했단 말이지……."

메시아가 그랬다면 틀림없이 이유가 있을 것이다.

현준은 따로 그 데이터 칩이라는 것을 챙기기로 마음먹었다.

"칩은 어디 있지?"

그걸 알려줄 남자가 죽어버렸다.

하지만 물건은 너무나 많았고 막무가내로 찾기엔 제법 문제가 있어 보였다.

「데이터 칩은 가장 마지막에 경매될 예정되어 있었습니다.」

목걸이에서 튀어나온 붉은빛이 한 지점을 가리켰다. 가장 비싸 보이는 물건들이 한데 모여 있는 장소였다.

「저곳을 중점으로 찾아보면 나오리라 판단됩니다.」

"조금 낫군."

사막에서 바늘 찾기 정도는 아니라 다행이었다.

경매물품이 산처럼 쌓여 있긴 했지만 보조 AI와 함께 들쑤시자 금세 발견할 수 있었다.

검고 손바닥만 한 네모 모양의 쇳덩이.

"이건가?"

「맞습니다. 메시아 본체가 제게 보낸 이미지와 99.96% 흡사합니다.」

99.96%면 확신해도 될 것 같다.

이게 데이터 칩인 모양이었다.

'이 작은 게 제일 비싼 물건이라고?'

오늘 경매에는 수십억 대에 이르는 물건들도 대거 출현했었다. 예컨대 단종된 우주선이 그중 하나다.

그보다 더욱 비싼 값어치라면 상상도 가지 않았다.

현준은 데이터 칩을 주머니 속에 쟁여놓고 고개를 돌려 이가은을 바라봤다.

이가은이 들어간 방은 이미 난장판이 되어 있었다. 그러나 원하는 것을 찾지 못했는지 표정은 좋지 못했다.

"이봐, AI. 혹시 메시아가 경매장과 연결된 조직에 대해 말한 건 없나?"

「없습니다. 다만 이곳 지하 내에 광대한 서버가 존재합니다.」

"서버가?"

「그곳에 저를 데려가 주십시오. 직접 연결하면 메시아 본체가 없어도 내부 데이터를 읽어드릴 수 있습니다.」

"그렇단 말이지."

외부에서 침입하는 것과 내부에서 직접 연결하여 들어가는 것은 과연 난이도가 천지차이인 듯싶었다.

현준은 경쾌히 고개를 끄덕이며 지하를 찾았다.

'그쪽에서 안 오면 내가 가야 할 거 아냐?'

어둠의 조정자.

아직 그 꼬리조차 잡지 못했지만 서버를 들추어내면 뭐 하나쯤은 나오리라 기대했다.

하얀색 가운을 입은 한 남자가 무소 가죽으로 만든 소파 위에 앉았다. 그는 레드와인을 홀짝이며 거대한 화면을 바라보았다.

그 화면 안에선 도깨비 탈이 혼잣말을 중얼거리며 지하 내부를 돌아다니고 있었다.

"서버에 들어왔다는 사용자가 이놈인가?"

남자가 고개도 돌리지 않은 채 물었다.

그러자 옆에 서 있던 메이드 복 차림의 한 여인이 다소곳하게 답했다.

"그렇습니다, 마스터. 메시아 No.3의 사용자로 추정되는 이입니다."

"쯧, 어디로 사라졌나 했더니……."

남자는 살짝 인상을 구겼다.

메이드가 살짝 허리를 굽히곤 물었다.

"마스터에 대한 정보를 검색하고 있습니다. 흔적을 지울까요?"

그녀의 귀는 평범한 사람보다 길고 뾰족했다.

신화에 나오는 엘프가 있다면 이러한 모습일 것 같았다. 하지만 귀 속은 틀림없이 철제로 이루어져 있었다.

붉은 점이 이리저리 돌고 있었는데, 이는 그녀가 인간이 아니기 때문이다.

인공적으로 만들어진 인공지능 로봇. 그게 그녀의 정체였다.

"그러도록 해. 귀찮은 건 사양이다."

"지웠습니다."

말한 즉시 이뤄졌다.

남자도 의외라는 듯이 말했다.

"빠르군. No.3의 검색 능력은 너보다 한 수 위인 것으로 알고 있는데, 아닌가?"

"메시아 No.3의 메인 AI가 아닌 보조 AI인 것 같습니다. 아무래도 외부에서 서버를 탐색할 때 연산처리능력이 한계에 다다른 게 아닌가 싶습니다."

"흠, 제대로 된 계승자가 아닌 모양이군."

남자는 와인 잔을 내려놓고 턱을 쓸었다.

"하지만 제대로 된 계승자가 아니면 주인이 될 수 없을 텐데……."

우선 비밀번호를 풀 수 없다.

제대로 계승되지 않았다면 인증 과정에서도 문제가 생기고 만다.

'뭔가가 있군.'

저 화면 속에 비춰진 남자.

뭔가가 있었다.

코끝을 간질이는 이 느낌.

필시 평범한 계승자는 아닐 것이다.

"마스터. No.3를 차지하기엔 지금이 적기입니다."

"아니, 경매장이 우리와 연결돼 있다는 건 No.3도 얼추 알고 있었을 거다. 그런데도 그 계용자로 하여금 당당하게 모습을 드러내게 했다.”

메이드가 고개를 저었다.

“마스터. No.3가 분실되었을 당시 이미 본체는 극심한 타격을 받았습니다. 긴급 탈출 프로그램이 작동하긴 했지만 메모리 카드가 반파되어 대부분의 정보는 소실되었으리라 사료됩니다. 기본적인 메인 데이터를 지키려 했다면 자신의 진실된 존재조차 상실했을 가능성이 매우 높습니다.”

메이드가 자신의 의견을 피력했다.

하지만 남자는 영 내키지가 않았다.

화면에 비춰지는 도깨비 탈을 볼 때마다 코끝이 간지러워서 미쳐 버릴 것 같았다.

이런 느낌을 준 건 자신과 같은 사용자, A와 B지구의 주인들을 만났을 때밖에 없었다.

아주 위험한, 건드려서는 안 될 자들.

“저 녀석이 No.3의 주인임을 아는 건 우리뿐이겠지?”

메이드는 답하지 않았다. 확신할 수 없는 탓이다.

“주인을 잃은 지 얼마 되지 않아서 이런 시기에 나타난 계승자라…….”

남자는 태도를 바꿨다.

느긋하게 자리에 앉아 다시 와인잔을 들어 올렸다.

"지켜보도록 하지. 가뜩이나 공석이 된 C지구를 누가 먹느냐로 바쁜 시기 아닌가."

"경매장 건은 어찌 처리하실는지요? 이번 경매 물품 중에는 '그 물건'이 섞여 있었습니다만."

그 물건.

남자의 표정이 잠시 진중해졌다. 하지만 이내 개의치 않는다는 듯이 남자가 어깨를 으쓱했다.

"같은 계승자로서 선물 하나 준 셈 치지. 어차피 열리지 않는 상자는 쓰레기일 뿐이야."

무엇을 해도 열리지 않는다면 상자는 쓰레기에 불과하다.

안에 든 내용이 아깝긴 하지만 저 계승자가 상자를 열 수 있으리라곤 생각하지 않았다.

상자 안에 든 내용이 무엇인지는 남자도 알지 못했다. 그저 '유물' 중 하나라고만 알고 있었다.

'열리지 않는 유물. 다른 녀석에게 비싸게 팔아먹으려 했지만……'

탈을 쓴 No.3의 계승자가 가져간 유물은 열리지 않는 상자다.

그것을 열고자 남자는 억만금의 돈을 풀고 수백 명의 목숨을 바쳤다.

하지만 실패하고 말았다. 남자는 두 손 두 발을 다 들었다.

더 붙잡고 있어봐야 손해만 볼 뿐이라는 걸 깨달았다.

되지 않을 것을 붙잡고 늘어질 만큼 남자는 바보가 아니었다.

게다가 자신이 열지 못하면 다른 이들도 그러하리란 자신감이 있었다.

하여 경매장에 내놓은 것이다.

세상 그 누구도 유물을 열지 못하리라 장담하기에 미련 없이.

그 사실을 알지 못하는 다른 지구의 주인은 혈안이 되어 아주 값비싼 돈을 주고 유물을 구입하려 들 것이었다.

유물은 그만한 값어치가 있는 것이니까.

적당히 경쟁을 붙여 지금까지 손해 본 것을 만회하려 하였지만, 탈을 쓴 계승자가 모든 계획을 수포로 돌려놓았다.

'조금 괘씸하군.'

마음 같아선 자신의 계획을 수포로 만든 녀석의 목을 비틀어버리고 싶지만 시기가 시기다.

아무리 남자가 무소불위의 절대자라 할지라도 지금은 다른 곳으로 시선을 두기엔 여력이 많지 않았다.

공석이 된 C지구.

자신을 포함한 네 명의 절대자가 그 이권을 먹어치우고자 분주하게 움직이고 있었다.

조금이라도 더 맛있는 곳을 먹으려면 부지런히 움직일 수밖에 없는 노릇이었다.

'만에 하나 녀석이 정통 계승자라도 이미 늦었다. 고기 맛을 본 사자들이 가만히 물러날 리가 없으니.'

그 사자 중에는 본인 역시 포함되어 있었다.

"마스터, 대통령과의 약속 시간이 다 되었습니다."

"흠, 벌써 그리되었나?"

"그럼 준비를 하겠습니다."

메이드가 움직였다.

남자는 마시던 와인잔을 내려놓았다.

"그 능구렁이를 만나러 나도 슬슬 일어나야겠군."

한 나라의 대통령을 능구렁이에 비유한다.

하지만 남자는 그래도 될 만한 위치에 있는 이 중 하나였다.

얼마 전까진 다섯이었다. 그러나 한 명이 사라졌고 이젠 넷만 남았다. 어중이떠중이 계승자 따위는 눈에 들어오지도 않았다.

남자는 가만히 자리에 앉아 화면을 주시했다.

'너는 누구냐?'

들어오지 않아야 정상이겠지만…….

남자가 인상을 찌푸렸다.

이 코를 찌르는 감각은 뭐란 말인가?

제5장

가상현실?

보육원 앞에는 김민희가 초조한 듯 누군가를 기다리고 있었다.

옷에 묻은 먼지와 이미 마른 눈물이 그녀가 기다린 시간을 말해주는 듯싶었다.

"……아!"

얼마나 기다렸을까.

저 멀리서 보이는 작은 인영을 보고 김민희는 입을 가리며 놀라고 말았다.

이어 마른 줄 알았던 눈물 한 줄기가 또르르 떨어져 내렸다.

작은 인영은 박용후였다.

힘없이 터덜터덜 걷던 박용후가 김민희를 발견하곤 부리나케 뛰기 시작했다.

김민희는 양팔을 벌렸고, 곧 박용후가 그 품에 뛰어들었다.

"……."

대화 없이 둘은 한동안 가만히 있었다.

김민희의 양 눈에서 눈물이 흘러내렸다.

본래라면 먼저 혼을 낼 작정이었지만 박용후를 본 순간 그럴 마음이 눈 녹듯이 사라졌다.

박용후가 그런 극단적인 선택을 하도록 만든 건 결국 자신의 잘못이기 때문이다.

그녀는 마음 속 깊이 반성하고 있었다. 그리고 이제 다시는 이 손을 놓지 않으리라 다짐했다.

돌아오지 못한 아이들의 몫까지 이 아이에게 최선을 다하리라 마음먹었다.

"내가…… 내가 잘못했어. 다신 그러지 마."

참다못한 단말마가 그녀의 입에서 튀어나왔다. 그러자 박용후가 도리질을 쳤다.

"아니에요. 제가 더 잘못했어요. 이제 안 그럴게요."

박용후도 나름 세상의 쓴 맛을 보았다. 만약 거기서 도깨비 가면이 도와주러 오지 않았다면 꼼짝없이 팔려 나갔을 것이다.

자신을 물건 보듯이 보는 사내들과 함께 팔려 나갈 처지에 놓였던 다른 사람들. 시간이 지날수록 늘어가는 것은 절망뿐이었다.

어둠밖에 없는 그곳에서 박용후는 후회하고 있었다.

'도깨비 가면…….'

그래, 도깨비 가면.

그가 없었다면 필시 큰 후회를 남겼으리라.

'분명히 이가은 누나였어.'

물론 도깨비 가면 말고도 한 명 더 있었다.

개인적으로는 이가은이라 생각하는 블랙스타다. 동굴에 갇혔을 때, 그녀는 같은 복장을 가지고 있었다.

"어떻게 돌아온 거니? 역시 현준 씨가……?"

한참이나 침묵하던 김민희가 겨우 입을 뗐다.

박용후가 스스로 보육원을 나가고 실종된 지 벌써 며칠이 지났다.

그간 그녀는 잠자는 시간도 줄여가며 보육원 앞에 서서 박용후를 기다리고 있었다.

혹시 찾을 수 있을까 싶어서 정처 없이 도시 안을 돌아다니기도 하였다.

그런데 오늘, 전혀 예상하지 못한 시기에 박용후가 돌아온 것이다.

그녀로선 현준이 연관되어 있다는 생각밖에 들지 않았다.

"아뇨. 도깨비 가면이 도와줬어요."

"도깨비 가면이?"

박용후는 고개를 끄덕였다.

도깨비 가면은 보육원 근처까지 박용후를 데려다 주곤 사라졌다.

한참이나 주변을 뒤져 봤지만 증발한 듯 없어져 있었다.

이미 박용후의 안에서 도깨비 탈은 영웅화되어 있었다.

그전에도 팬이었거늘, 직접 도움을 받았으니 도깨비 탈을 믿는 마음의 크기가 현저히 커져 있음은 당연한 일이었다.

물론 고개가 갸웃거리는 부분도 있었다. 도깨비 가면의 목소리가 현준과 매우 비슷했다. 그러나 도저히 매치가 되지 않았고, 은연중 '그럴 리가' 라는 생각이 지배적이었던 터라 애써 부정하고 있었다.

'현준 형이? 에이!'

다시 한 번 고민해 봤지만 역시나 그러리란 생각은 전혀 들지 않았다.

애써 고개를 내저은 박용후가 김민희를 향해 말했다.

"그보다 선생님, 저 배고파요."

김민희가 눈물자국을 지우며 환하게 웃었다.

"그러고 보니 선생님도 아침밥을 안 먹었네. 같이 먹을까?"

"네!"

*　　*　　*

현준은 흐뭇한 미소로 박용후와 김민희를 멀리서 지켜보고 있었다.

'어둠의 조정자가 누구인지는 밝혀내지 못했지만……'

어깨를 으쓱인 현준이 이어 뒷짐을 지고 몸을 돌렸다.

'무사히 구했으면 됐지, 뭐.'

박용후와 사람들을 구했다.

소기의 목적을 달성했으니 그 이상은 사실 욕심이었다. 어둠의 조정자란 작자가 쉽게 잡힐 것이란 생각도 안 했고.

오히려 이 정도는 되어줘야 잡을 맛이 나지 않겠는가.

장부나 중요한 문서 같은 것들은 전부 파기했으니 타격이 없진 않을 것이다. 어쩌면 그쪽에서 현준을 찾아올 수도 있었다.

박용후나 다른 사람들에게 다시 손을 뻗치는 일 또한 없을 것이었다.

또 손을 뻗친다면, 그럴 때마다 현준이 묵사발을 내주면 그만이었다.

오히려 그런 일이 반복될수록 어둠의 조정자에게 다가갈 수 있을 터였다.

한참을 걷던 도중 현준은 주머니를 뒤적였다.

"흠, 아무리 봐도 그렇게 비싸 보이지는 않는데."

경매장에서 얻은 데이터 칩이다. 메시아가 가져가길 당부했다는 물건이었다.

평범한 물건을 결코 아닐 것이다.

그러나 아무리 봐도 평범한 물건처럼 보일 뿐이 특별해 보이지 않았다.

'안목이 없어서 그런가?'

현준은 피식 웃었다.

겉으로 보기엔 평범하기 그지없는 데이터 칩이다.

해부를 해보지 않는 이상 누구나 현준과 같이 생각할 것이다.

'켜보면 알겠지.'

도로 데이터 칩을 집어넣은 현준은 발걸음 속도를 높였다.

폐공장의 먼지를 뒤집어 쓴 터라 우선은 씻고 싶었다.

＊　　　＊　　　＊

보조 AI를 통해서도 데이터 칩을 연결할 수 있겠지만, 현준은 메시아가 완전히 회복하기를 기다렸다.

혼자서 실행했다간 무슨 일이 일어날지 모르니 만약의 상황을 대비한 것이다.

메시아가 완전히 회복된 건 그로부터 3일이 지난 시점이었다.

"완치 기념 파티라도 해야 하는 거 아니야?"

통통.

거미 모양의 메시아를 가볍게 두드리며 우스갯소리로 현준이 말하자 메시아가 예의 메마른 음성으로 답했다.

「필요 없도다.」

"직접 기름칠 정도는 해줄 수 있는데."

「필요 없도다.」

"그럼 노래라도 불러주리?"

「더욱 필요 없도다.」

현준은 입술을 쭉 내밀었다.

"이 풍류를 모르는 놈."

보조 AI가 그리워지는 순간이었다.

메시아가 회복하고 나서부터 보조 AI는 완전히 자취를 감췄다.

말 그대로 보조였기 때문일까?

사근사근하게 자신을 높여주는 게 기분이 좋았던 모양이었다.

메시아 본체라면 절대로 생각할 수 없는 일이었다.

「사용자여. 데이터 칩을 회수했다고 들었다.」

"맞아. 어떻게 처리를 해야 하나 고민 중이었지."

현준은 데이터 칩을 꺼내서 메시아에게 보여줬다.

"이게 대체 뭐야?"

「한 게임의 데이터 칩이도다.」

"무슨 게임?"

「켜보기 전까진 알 수 없노라.」

"그 알 수 없는 걸 꼭 챙기라고 했단 말이야?"

「트리플 S의 보안이 걸려 있었도다. 무척 중요한 것임은 분명하도다.」

현준은 뒷머리를 긁적였다.

메시아가 이처럼 애매하게 답하는 건 또 처음 있는 일이었다.

항상 답을 도출할 때, 그 답이 확실하지 않다면 아예 제외하거나 몇 번이고 당부하던 메시아가 아니었나.

하지만 그렇기에 중요한 것임은 분명해 보였다.

트리플 S라는 보안등급이 얼마나 높은지는 몰라도 말이다.

"그럼 일단 실행시켜 볼까?"

「내가 먼저 확인해 보겠도다.」

"그러시든지."

현준은 어깨를 으쓱했다.

그러자 완치된 메시아가 어기적대며 여러 개의 발을 움직였다.

이윽고 메시아가 몸으로 데이터 칩을 감쌌다.

마치 합체라도 한 것 같은 모습에 현준은 멀뚱히 그 광경을 지켜보았다.

10분, 20분, 30분.

몸을 웅크린 메시아는 도무지 움직일 줄 몰랐다. 자연스럽게 하품을 내뱉던 현준은 '이럴 동안에 운동이나 할까' 하고 진지하게 고민하기 시작했다.

그러나 다행히 얼마 지나지 않아서 메시아가 결론을 내렸다.

「아주 강력한 락이 걸려 있도다. 직접 실행하기 전에는 확인할 수 없도다.」

"네가 그런 말을 할 정도면 대단하긴 대단한 물건인가 보네."

하지만 메시아의 말은 끝나지 않았다.

「국가기밀 수준이 아니다. 이건…… 현대 과학으로는 절대 풀 수 없는 락이도다.」

"미래 과학문명이라도 된다는 거야 뭐야?"

「오랜만에 정답을 말했도다.」

기분이 팍 상했다.

"나는 항상 정답만 말한다."

「하여간…… 놀랍도다. 아주 위험한 물건임은 분명하도다.」

현준은 턱을 쓸었다.

직접 실행을 해야 할지 말아야 할지 고민이 됐다. 그만한 락이 걸려 있다면 어마어마한 물건임이 분명할 텐데, 그만큼 위험할 것도 같아서 주저할 수밖에 없었다.

목숨은 하나니까. 소중하게 다뤄야 한다.

"잘못하면 죽을 수도 있다는 말이야?"

「모른다. 이 데이터 칩은 그야말로 미래에서 갑자기 나타난 기물이도다.」

"너도 상당히 우수하잖아. 미래의 물건도 어찌할 수 있을 거 같은데."

메시아의 능력은 매우 우수하다. 말투야 딱딱하기 그지 없지만 능력만큼은 일류였다.

여태껏 메시아의 도움을 수없이 받았으니 인정해야 할 부분이었다.

「불가(不可).

"아, 고민되네. 다른 사람보고 사용하라 할 수도 없는 노릇이고."

「내가 서포트하겠도다. 적어도 위험의 순간 사용자를 구할 수는 있을 것이도다. 만약 잘못된다 해도 사용자의 신체 능력은 범상치 않지 않은가.」

메시아도 이 데이터 칩이 욕심나긴 한가 보다. 사용자의 안전을 최우선으로 두지는 못할망정. 확실하지 않은 위험에 현준을 내몰고 있었다.

"몸뚱이 하나 믿고 위험으로 다이빙하라?"

「음, 사용자의 신체 능력은 솔직히 인간의 범주를 벗어났도다. 조만간 꼭 정밀하게 스캔해 보고 싶도다.」

"마음대로 해. 그나저나……."

현준의 마음도 확인해 보고 싶다는 쪽으로 기울고는 있었다.

시간이 지날수록 이 기울기는 돌이킬 수 없게 변할 것이다.

그것은 확정된 미래였고, 확정된 미래라면 시간을 끌 필요는 없을 것이었다.

"에라, 믿을 건 몸 하나밖에 없는 내가 희생해야지."

현준의 자신의 몸을 믿었다.

개조자조차 가볍게 상대할 수 있는 신체.

재생능력도 평범한 사람과 비할 바가 못 됐다. 어지간한 상처는 실제로 하루면 다 나았으니까.

침 바르면 낫는다는 근거 없는 말이 실천되는 몸뚱이였다.

특수기관에 발견되면 실험체로 잡히기 딱 좋을 것이다.

몸을 해부당하고 피를 줄줄 뽑아내야 되지 않을까?

「데이터 칩을 접속기기에 연결하거라.」

현준은 순순히 메시아의 말을 따랐다.

데이터 칩을 주워 들고, 예전 이가은의 가게에서 구매한 접속기기를 꺼냈다.

RX 003!

탈 많고 말 많은 제품이다.

그래도 메시아의 힘을 빌어 정상적으로 접속한 기억이 있으니 현준은 거침없이 데이터 칩을 꽂았다.

이후 전원을 켠 뒤 고글같이 생긴 안경을 착용했다.

지잉—

안경을 착용한 즉시 기계음과 함께 전혀 다른 세상이 펼쳐졌다.

"이게 뭐야? 예고도 없이 즉시 접속? 완전 불량품 아냐, 이거?"

현준은 눈앞에 펼쳐진 전혀 다른 세상을 바라보며 불만을 툴툴 내뱉었다.

아무런 예고도 없이 안경을 쓰자마자 전이되어 버린 게 여간 불편하기 그지없었다.

"게다가 무슨 차림이 이래? 거지가 따로 없네."

현준은 고개를 숙여 옷차림을 품평하곤 한숨을 푸욱 내쉬었다.

닳고 닳아 안 입는 것만 못한 옷가지가 시야에 들어왔다.

아무리 가상현실이래도 시작이 이러면 할 의욕도 사라진다.

척!

어디선가 다가온 손.

주름이 자글자글한 손이 내 손바닥 위에 동전을 떨어뜨렸다.

고개를 돌리자 웬 노인이 현준을 안쓰러운 표정으로 바라보고 있었다.

"열심히 살아. 그러면 해가 뜰겨."

덕담 한마디 해주고 사라지는 노인을 현준은 한동안 멍하니 바라만 보았다.

겨우 정신을 차린 후 내 손바닥 위에 놓인 동전을 발견한 다음에야 현준은 현실을 직시할 수 있었다.

"미친. 진짜 거지구나."

'내가 거지야' 라고 몇 번 되뇐 현준이 현실을 받아들였다.

이건 아니지만 어쨌든 메시아조차 풀 수 없는 락이 걸린 게임이다.

평범한 게임에 그런 어마어마한 락을 걸어놓지는 않으리라 믿었다.

뭔지는 몰라도 확실하게 탐험할 필요는 있었다.

그런 의미에서 지금 손에 쥐여진 동전도 알차게 사용할 수 있을 것이다.

0보단 1이 낫다. 0은 곱해도 답이 없지만 1은 티끌 모아 태산이 된다. 한 푼이라도 있는 편이 생활하는 데 도움이 될 터였다.

'가상현실 게임은 별로 해본 적이 없는데.'

한국을 떠나기 전 몇 번 해본 가상현실 게임이 현준이 가진 경력의 전부다.

가상현실의 '가' 하나 겨우 아는 현준으로선 솔직히 자신이 없었다.

'어떻게든 되겠지.'

모르면 부딪쳐라.

부딪치고 깨져라!

그럼 길이 보일 수도 있다.

부딪친 곳이 맨땅일 경우 이마만 깨질 수도 있지만 최대한 긍정적으로 생각했다.

'어디······.'

주변 사람들.

모두 중세시대 사람처럼 보인다.

통이 큰 옷, 챙이 넓은 모자를 쓴 남녀가 수없이 많았다.

어디선가 맡아져 오는 끔찍한 악취도 이곳이 중세시대라 생각하게 해주는 증거 중 하나였다.

'아우, 똥내.'

게임 참 디테일하다.

플레이어의 눈살이 찌푸려질 물건은 살짝 치워놔도 누구 하나 뭐라 할 사람 없건만.

개발자는 혹시 변태인가?

그나저나 이곳에서 뭘 하지?

뜨는 건 하나도 없다. 퀘스트를 주던가 해야 앞으로의 행동지침을 정할 것 아닌가. 망망대해에 홀로 던져진 기분이었다.

'상태창! 스킬창! 아무창!'

역시 감감무소식이다.

현준의 머릿속에 물음표가 백만 개 정도 떠올랐다.

'로그아웃! 탈출!'

이 또한 안 된다.

잠깐, 로그아웃이 안 된다고?

'메시아가 어련히 알아서 꺼내주겠지.'

메시아에게 이 정도 믿음쯤은 주어도 될 것이다. 설마 사용자가 죽도록 내버려 두겠는가. 조금 불안하긴 했지만 대수롭지 않게 여겼다.

'한 번 해보자 이거지?'

대신 오기가 생겼다.

'나 현준이야. 박현준!'

자기 이름 되뇌어 봐야 달라질 건 없다지만 현준은 이를 갈며 주변 소리에 귀를 기울였다.

"어머, 부인. 향수 뭐를 쓰는 거야? 냄새가 좋은데?"

"제기랄. 배는 언제 도착하는 거야?"

"생선 팝니다!"

"왈왈왈!"

영양가 0g의 대화만 오갔다.

심지어 마지막은 사람 말도 아니다. 영혼의 무게가 21g
이라는데 한참 못 미치는 수치였다.

영혼 없고 영양가 없는, 하등 도움 되지 않을 말들.

아! 아니다.

그나마 이곳이 항구마을이라는 건 알 수 있었다. 0g의 무
게를 현준은 2g 정도로 격상시켜 주었다. 이 정도면 2계급
특진에 버금갈 만하다.

그냥 죽었으면 좋겠다.

거지에다가 답이 보이지 않자 괜히 심통만 커졌다.

'퀘스트가 안 뜨더라도 이쯤 되면 이벤트 하나 발생할 법
한데.'

그런 이벤트도 없다.

그냥 아무것도 없다.

거기에 로그아웃도 되지 않는다.

전략을 세운다거나 준비를 한다거나 하는 행동을 전혀
취할 수가 없었다.

'죽으면 뭔가가 달라지려나? 하지만 죽기는 찝찝한데.'

게임오버, 리스타트.

어느 게임이든 모든 플레이어에게 동등하게 주어지는 기
회다.

죽었다고 캐릭터가 삭제되는 건 플레이어가 직접 난이도를 그리 설정할 때에야 가능한 일이다. 제작자가 게임 자체의 설정을 그리해 놓는 경우는 없었다.

그래도 워낙 찜찜한 게임이다 보니 확신이 서지 않았다.

눈 딱 감고 실행할 수도 있겠으나 우선 보류하기로 했다. 정말 희망이 없을 때에나 실행할 최후의 수였다.

비록 지금 자신의 꼴이 거지와 다를 바 없다지만 이제 겨우 시작했을 뿐이다.

이 꼴을 벗어날 방법을 강구하다 보면 어찌어찌 스토리 흐름을 알 수 있을 것이다.

현준은 눈을 빛내며 상점가를 돌아다녔다.

'일하지 않는 자, 먹지도 말라! 까짓것 일하면 되지.'

일단 일을 하고 돈을 벌어서 거지를 모면하는 게 당장의 목표다.

그러나 현준은 몰랐다.

이 게임은 플레이어를 절망의 구렁텅이로 밀어 넣기 위해 만들어졌다는 것을 말이다.

"한 푼만 줍셔."

"한 푼만……."

차마 눈 뜨고 볼 수 없는 추레한 차림의 거지가 지나가는 사람들을 붙잡고 적선을 요구하고 있었다.

어찌나 절절한지 지나가는 사람들도 한 번씩은 돌아보게 만들었다.

하지만 적선까지 이어지는 경우는 별로 없었다. 그만큼 사람들의 인심은 박했다.

때리고 윽박지르지 않는 게 그나마 다행이라면 다행일 수준.

"후우."

거지가 한숨을 깊게 내쉬었다.

혼신의 힘을 다해 구걸을 하는 자신의 모습이 퍽이나 우습게 느껴진 탓이다.

거지는 현준이었다.

일을 구하고자 사방팔방 돌아다녔지만 거지를 받아줄 곳은 어디에도 없었다.

돈은 필요 없고 숙식만 해결해 달라는 요청도 번번이 거절당했다. 심한 곳은 매질을 당하며 쫓겨났다.

이 세상은 희망이 없다.

하는 수 없이 본업(?)으로 돌아왔다.

찢어진 모자 하나가 그나마 있는 밑천이었다. 이것도 거리를 굴러다니는 걸 겨우 잡았다.

그 과정에서 다른 구역의 거지들과 한바탕 싸움이 벌어

지기도 했다.

'줘도 안 쓸 모자⋯⋯.'

그 모자가 지금은 자신의 밥줄이었다.

어찌 보면 F구역보다 더 심한 것 같았다.

물론 F구역 중에서도 특히 못사는 곳은 이와 비슷한 일이 행해지기도 한다는 말을 들은 적이 있었다.

빵 한 조각에 살인이 나기도 한다던가?

현준의 가족은 F구역에서도 그나마 나은 장소에 기거하고 있었기 때문에 그들과 직접 부딪친 적은 없었다.

'내 눈앞에 개발자가 있었다면 다섯 번은 죽였을 거다.'

참을 인(忍) 세 번이면 살인을 참는다고?

이미 세 번은 지나간 지 오래다. 현준은 살의를 무럭무럭 키웠다.

주먹을 강하게 움켜쥔 현준이 모자 안으로 시선을 옮겼다.

'30골덴이라.'

골덴은 이곳의 화폐 단위다.

30골덴이면 빵에 스프 정도는 먹을 수 있는 금액이었다.

문제라면 어지간한 가게에선 거지를 받아주지 않는다는 거다.

'씻는 게 먼저겠는데⋯⋯ 그런데 배가 너무 고픈데⋯⋯.'

30골덴으론 딱 한 가지만 할 수 있다.

이 돈을 벌려고 수 시간 동냥질을 했다. 슬슬 내 자신에게 보답할 시간이었다.

지금 이 상태로 계속해서 하라면 그냥 바닥에 머리를 들이받아 버릴 것이다.

'망할. 쓸데없이 현실적이잖아. 배가 너무 고파.'

꼬르르륵!

천둥이 친다고 해도 믿겠다.

현실보다 더한 듯싶었다. 미칠 듯이 몰려오는 허기를 도저히 참을 수가 없었다.

몇 날 며칠은 굶은 것 같지 않은가!

빨리 결판내야 한다.

밥을 먹든지 씻든지.

근처에 바다가 있긴 했지만 소금물로 씻고픈 생각은 추호도 없었다.

목말라서 바닷물 마시는 것과 같은 일이었다.

날씨는 여름과 같았다.

깨끗한 물은 돈을 내고 사야 했기에 몸에 그대로 소금물을 방치하면 살갗이 죄다 벗겨질 것이다. 그 상태에선 동냥질도 제대로 할 수가 없다.

그런 의미에선 밥을 먹는 게 나으려나?

씻으면 동냥질을 못하니까.

하지만 언제까지 동냥질만 할 수도 없는 노릇인데…….

"왈왈! 왈왈왈!"

고뇌 가득한 현준의 눈앞에 개 한 마리가 지나갔다.

가만히 지나가면 될 걸 마치 자신을 알리듯 계속해서 짖어댔다.

순간 현준은 사시나무마냥 몸을 떨었다.

아아, 사람이 꼭 죽으라는 법은 없는 모양이다.

'보신탕 한 그릇이면 지금 내 몸도 충분히 추스를 수 있을 거야.'

F구역에 개가 한 마리도 없었던 걸 기억했다. 방황하는 개는 모두 사람의 목구멍으로 넘어갔을 것이다.

실제로 범죄자를 쫓으며 몇 번 그러한 상황을 목격하기도 했었으니…….

현준은 동물애호가가 아니었다.

입에 풀칠도 못 하는 상황에서 인간 외의 생명을 존중해 줄 만큼 착하지도 않았다.

그보다는 생존이 우선이다.

일단 내가 살아야 뭐든 할 것 아닌가?

고민은 짧고 행동은 빨랐다.

현준은 벌떡 일어나 개의 뒤를 쫓기 시작했다.

개가 이동한다. 점점 주변의 인적은 사라져 간다.

그 뒤에서 현준은 침을 꼴깍 꼴깍 삼켜댔다.

배가 너무 고프다.

이런 허기는 여태껏 느껴본 적이 없었다. 하루도 굶지 않았는데, 이런 증상은 확실히 이상했다.

하지만 깊이 생각할 겨를이 없었다.

눈앞의 개가 그릇 안에 담기는 모습이 자꾸만 떠올랐다.

침이 넘어가고 두 눈이 붉게 충혈됐다.

인적이 완전하게 사라지는 순간, 저 개의 운명은 결정될 것이다.

현준은 후루룩 떨어지는 침을 닦으며 최대한 발소리를 줄여 그 뒤를 따랐다.

개는 구석으로, 골목으로, 이리저리 이동하더니 돌연 멈춰 섰다. 그리고 현준이 있는 장소를 정확하게 쳐봤다.

헥헥헥!

꼬리를 흔들며 바닥에 드러누웠다.

몇 초 그러다가 벌떡 일어나 주변에 원을 그리며 빙빙 돌았다.

끼잉끼잉!

원하는 대로 되지 않는다는 듯 개가 울상을 냈다. 하지만 현준으로선 그런 개의 행동이 이해되지 않았고, 사실 이해할 생각도 없었다.

'그래, 가만히 있어라. 흐흐.'

사뿐사뿐 움직인다. 보아하니 개도 현준이 다가오길 기다리는 모양새다.

마음속으로 '잘 먹겠습니다'를 복창한 현준이 막 개를 덮치려는 순간이었다.

야~ 옹.

힘없는 고양이의 음성이 돌연 들려왔다.

'어디서 들리는 소리지?'

불현듯 찾아온 고양이의 울음소리에 현준은 잠시 멈칫했다.

곧, 개가 있는 바로 옆 부분의 벽에 금이 가 있는 것을 발견할 수 있었다.

고양이의 울음소리는 정확히 그 금이 간 곳에서 들려오고 있었다.

'설마?'

현준은 벼락을 맞은 것처럼 몸을 부르르 떨었다.

이제야 개가 현준이 뒤따라옴을 알면서도 이곳으로 안내한 사실을 알게 되었다.

바로 고양이를 구하기 위해 사람을 끌어들일 필요가 있

었던 것이다.

꼬르륵!

배가 굶주려 지금도 뱃속에선 우레가 쳤다. 금이 간 벽 안에 있을 고양이조차도 식량으로 느껴질 정도이니 이 이상식욕은 장난이 아니었다.

'아아!'

손이 부들부들 떨린다. 현준은 천천히 개의 목을 잡았다.

개는 얌전히 그 손길을 받아들였다.

이제 곧 자신이 죽을 수 있음에도 꼬리를 흔들며 좋아했다.

'난, 나는…… 내가 이런 놈이던가?'

개의 올망졸망한 두 눈을 쳐다본 순간 현준은 정신을 차렸다.

분명히 이상했다.

아무리 배가 고플지언정 돌아다니는 개를 잡아먹을 생각을 한 건 처음이다.

말도 안 되는 이상식욕과 더불어서 이성을 상실했다.

뿐만 아니라 고양이를 구하려는 개의 행동을 보고도 입맛을 다시지 않았는가.

'미친놈! 에라이, 정신 나간 놈아. 금수도 다른 생명 귀한 줄 아는데, 나란 놈은 나 하나 보신하겠다고 이런 착한 개

를 잡아먹으려 했단 말인가!'

입술을 깨물었다.

짙은 피 향이 콧속으로 들어왔다.

"잘했다. 이 착한 녀석. 네가 나보다 낫구나. 조금만 기다려라. 네가 바란 대로 고양이는 내가 구해줄 테니까."

현준은 몸을 돌렸다.

주먹이 겨우 들어갈 정도로 금이 가 있는 저 안에 고양이가 들어가 있다는 말이었다.

조심스럽게 손을 넣자 안에서 말랑말랑한 기척이 느껴진다.

고양이는 잔뜩 겁을 먹었는지 '캬학!' 하며 현준을 경계했지만, 이내 순응한 듯 조용히 현준의 손을 탔다.

금은보화를 손에 쥔 듯 아주 천천히, 고양이가 놀라지 않도록 손을 빼냈다.

손에 딸려 온 고양이는 아직 새끼인 듯 몸이 매우 작았다.

"네 부모는 어디 가고 이런 데 있는 거니? 어, 주인이 있구나?"

목에 방울이 달려 있었다.

생긴 것도 곱상하고 길고양이에 비해 깨끗한 걸 보아 사람에게 길러진 듯싶었다.

멍!

개가 꼬리를 살랑살랑 흔들며 지친 고양이의 몸을 핥았다.

고양이는 축 늘어져서 바닥에 배를 바짝 붙이고 있었다.

"어찌한담?"

몸이 많이 쇠약해졌다.

가만히 놔두면 주인을 찾기 전에 죽을 것이다. 그건 현준도 내키지 않았다.

현준은 다 헤진 주머니 속에서 동전을 꺼냈다.

30골덴…….

이 돈이면 한 끼를 해결할 수 있다. 씻을 수도 있다.

어쨌든 뭐 하나는 해결할 수 있는 금액이다.

반나절 간 이뤄낸 노력의 결실이었다.

"그래, 이것도 인연이다. 설마 너희 둘 정도를 내가 어찌 못할까?"

야옹.

멍멍!

마치 현준의 말을 알아들은 것마냥 개와 고양이가 반응했다.

이에 현준은 빙그레 웃었다.

"고양이, 너는 주인을 찾을 때까지 '헨젤'이라 부르마. 그리고 멍멍아. 너는 '보신탕'이다."

헨젤과 그레텔.

마녀의 손에 끌려갔던 동화 속 아이들의 이름을 따서 고양이에게 지어주었다.

비록 지금은 이곳에 있지만 언젠가는 돌아갈 수 있도록 염원을 담았다.

개에게도 비슷한 염원을 담았다.

원래는 자신의 뱃속에 있어야 할…… 아니, 다른 이에게 힘을 주라는 아주 건전한 의미였다.

이번 고양이를 구해내고 현준을 깨닫게 한 것처럼 이른 명명이가 되라는 뜻이다.

'우유를 파는 곳이 있겠지.'

고양이를 양손에 품고, 현준은 걸어왔던 길을 돌아가기 시작했다.

"가자! 헨젤, 보신탕!"

멍멍!

헨젤은 대답 대신 뺨을 비볐다.

제6장

곤장을 맞다

마을로 돌아온 현준은 즉시 죽이나 우유를 구매할 장소를 찾았다.

보신탕은 뭐든지 잘 먹을 기세지만 야윈 헨젤은 음식을 가려 먹을 필요가 있었다.

크기를 보아 태어난 지 몇 개월 지나지도 않은 듯했다.

농담이 아니라 손바닥 안에 쏘옥 들어올 크기였다.

우유, 하다못해 멀건 죽 같은 게 필요하다.

"20골덴."

"양젖 한 그릇이 그렇게 비쌉니까?"

맥주를 파는 펍에서 다행히 우유도 함께 팔았다. 하지만 가격이 문제다.

한 잔에 무려 20골덴이면 현준이 가진 돈의 삼분의 이다.

"빨리 결정하고 꺼져!"

펍의 주인은 현준을 아주 못마땅하게 쳐다봤다.

거지도 이런 상거지가 없다. 그나마 가게에 들인 건 돈이 있었기 때문이다.

협상의 여지는 없어 보였다.

현준은 주먹을 부르르 떨며 20골덴을 넘겼다.

"여기 있습니다."

"홈! 20골덴, 맞군."

그제야 남자가 씩 웃으며 곧 양젖 한 잔을 내놨다.

"작은 그릇도 하나 얻을 수 없겠습니까?"

"음식을 시켜라. 그러면 주마."

"10골덴 있는데……."

"풀죽 한 그릇 쒀주지."

슬쩍 남은 돈을 내밀자 강탈하듯 남자가 가져갔다. 현준은 내심 저주를 내뱉으며 근처의 자리에 앉았다.

'인심이 땅에 곤두박질친 세상이구나. F구역과 맞먹어.'

사실 잔인하기로 따지자면 F구역이 더할지도 모른다.

구석으로 들어갈수록 인간이 얼마나 추락할 수 있는지 확인이 가능한 곳이니까.

식인을 하는 사람이 있다는 소문마저 돌 정도로 흉흉한 곳이다.

그래도 아쉽고 섭섭한 건 어쩔 수 없다.

고작 양젖 조금과 풀죽 한 그릇 얻는 게 반나절의 결과라니.

혼자서 먹으면 그나마 허기를 면할 수준이지만 헨젤과 보신탕에게도 나눠줘야 했다.

'인간은 어쩔 수 없는 종족인가 봐. 이미 마음먹었는데도 아쉬움이 드네. 내가 이상한 건가?'

인간이 자신에게 관대한 건 어쩔 수 없다.

자신보다 남을 소중히 여기는 사람은 천연기념물 수준이다.

그런 이가 후대에 이름을 남기는 거겠지만 삶은 굉장히 퍽퍽해질 것이다.

하지만 현준은 제법 뚝심이 있는 남자였다.

투박한 나무그릇에 나온 소량의 풀죽을 후루룩! 넘기고 그 안에 양젖을 담았다.

바닥에 내려놓자 헨젤과 보신탕이 맛나다는 듯 핥기 시작했다.

"잘 먹고 쑥쑥 크럼."

그래도 그 순간만큼은 현준의 말투에 부드러움이 넘쳤다.

그윽한 눈길로 헨젤과 보신탕을 바라봤다.

특히 보신탕은 헨젤을 바라본 시간의 두 배가량을 들여서 느긋이 감상했다.

일순 보신탕의 몸이 부르르 떨렸지만 그것은 양젖이 맛있어서일 것이다.

보신탕도 별일 아니라는 듯 먹는 데 집중했다.

'오늘 하루를 보내는 것도 고비겠구나.'

이 게임은 도저히 게임이라고 생각되지 않을 만큼 현실성이 넘친다.

현준이 어렸을 적에 몇 번 해봤던 가상현실 게임도 이 정도는 아니었다.

게다가 여전히 로그아웃이 안 된다. 메시아는 어찌 된 영문인지 답이 없다. 꼼짝없이 게임 속에서 하루를 보내게 생겼다.

'내 팔자가 그렇지, 뭐.'

반쯤 포기한 현준이 남은 양젖을 홀짝였다.

최대한 천천히 음미하며 영양을 완전히 흡수해야 한다는 생각에서였다.

문득 한숨이 나왔다.

도깨비 탈을 쓰고 F구역을 누볐던 자신이 어쩌다 이런 신세가 됐는지.

돌아가게 되거든 메시아를 혼쭐내 주겠다고 재차 다짐했다.

달이 지면 해가 뜬다.

그리고 해가 뜨기 전의 새벽은 무척이나 춥다.

얇고 헤진 옷을 입고 버틸 수준이 아니었다.

"젠장, 이 지랄 맞은 현실감. 플레이어를 얼어 죽게 하려고 아주 작정했구나!"

투덜대며 현준은 자리에서 몸을 일으켜 세웠다. 새벽의 찬 공기에 몸이 부르르 떨렸다. 까딱 잘못했으면 혀가 돌아갈 뻔했다.

딱딱한 돌바닥에 몸을 누이고, 아무것도 걸치지 않은 채 잘 수밖에 없었다.

마구간에서라도 몸을 눕힐 수 있다면 좋았겠지만 그조차 돈이 필요한 세상이었다.

15골덴을 줘야 마구간에서 하루를 버틸 수 있었다.

결국 돈이 없는 현준은 현실과 타협할 수밖에 없었는데, 그게 바로 맨바닥이다.

그나마 바람이 부는 반대 방향에 터를 잡고 누워서 이 정도이지 아니었으면 비명횡사했을 거다.

"자도 잔 것 같지가 않아. 이러다가 앓아누우면 꼼짝없이 죽어야 할 거야."

고작 하루 지났지만 현준은 지금의 상황이 얼마나 심각한지 깨달았다.

헨젤과 보신탕은 아픈 사람을 돌볼 수 없다. 병이라도 얻었다간 꼼짝 없이 죽게 생겼다.

'그럴 순 없지.'

현준은 모자를 들고 번화가를 찾았다.

이후 모자를 앞에 놔둔 채 무릎을 꿇고 비장한 표정을 지었다.

'나는 몰라도, 이 녀석들까지 굶길 순 없잖아. 이 세상에 믿을 사람이라곤 당장 나밖에 없을 텐데……'

어제 구걸을 할 때까지만 해도 무릎까지 꿀 생각은 추호도 없었다.

하지만 지금은 다르다.

내 양 옆에는 한참 덜 자란 새끼 고양이 헨젤과 멍멍이 보신탕이 있었다.

어제와는 다르다.

이상 식욕이 넘쳐흘러 이성을 잃고, 눈빛마저 흐리멍덩

했지만 지금은 온전히 본인만의 의지로 행하고 있었다.

사람들은 현준을 아예 인식하지 않은 것처럼 유유히 지나갔다.

그것도 모자라 조롱하며 지나가는 글러먹은 사람들도 있었다.

그래도 현준은 꼼짝하지 않았다.

"한 푼만 주십시오. 꼭 갚겠습니다."

그저 최대한 공손하게 말하며 고개를 숙여 보일 따름이었다.

갚겠다는 건 거짓이 아니다.

한 치 앞을 모르는 게 사람 일이다. 거기다가 이게 게임이라면 반드시 플레이어가 헤쳐 나갈 방도를 마련해 놨을 것이다.

비록 지금은 궁상맞기 그지없지만, 분명히 어떠한 분야로든 최강이 될 수 있는 '공략점'이 존재하리라 믿어 의심치 않았다.

빚을 졌으면 갚는다. 당연하다.

그러나 인심이 야박한 세상에서 그것은 공수표일 따름이다.

믿는 사람 하나 없는.

현준은 눈의 빛을 잃지 않고, 턱만큼은 오연하게 세웠다.

반드시 갚을 것이기에 비굴함은 필요 없다.

그리고 만연에 비굴한 사람이 돈을 갚겠다고 해봤자 믿지 않을 것이다.

"쯧쯧. 젊은 사람이 일을 해야지. 자, 받게."

백발의 노인이 모자 안으로 10골덴을 넣었다. 거지에게 적선한 것치곤 상당한 액수다.

"감사합니다, 어르신. 이 은혜는 반드시 갚도록 하겠습니다. 이름을 알려주십시오."

"갚을 필요 없네."

"그래도 알려 주십시오."

"베스일세."

"베스 어르신, 후에 제가 몇 배로 부풀려 갚도록 하겠습니다."

자신감이 가득한 말투다.

한 점의 허언을 찾을 수가 없었다.

고작 비렁뱅이에게 이런 느낌을 받을 수 있다는 것 자체가 아이러니다.

그들은 비굴함이 몸에 배인 이들이니까.

하지만 현준은 비굴하지도, 그렇다고 아주 경우가 없지도 않았다.

베스는 그 기강이 안타까워 혀를 찼다.

"쯧, 사람하곤…… 평범한 거지는 아닌 거 같은데, 어쩌다 그런 신세가 되었는가?"

"태어나길 이렇게 태어났으니 어쩔 수 없는 일이지요. 하지만 언제까지 이 모습으로 있을 생각은 없습니다."

"꼭 그러길 바라네."

"살펴 가십시오, 베스 어르신."

베스가 손을 흔들며 자리를 떠났다.

마지막으로 보인 그의 눈빛에는 불쌍하다거나 하는 감정 일체가 없었다. 현준은 거지가 아니라 사람으로 대해준 것이다.

조그마한 변화.

현준 자신이 마음을 먹고 일에 나서자 그것만으로도 대하는 태도가 달라졌다.

이래서 사람 일은 모른다는 거다.

'시작이 좋아.'

10골덴이면 풀죽 한 그릇 값이다. 게다가 개와 새끼 고양이를 양옆에 두고 있어서인지, 시간이 지날수록 현준은 조금씩 시선을 끌기 시작했다.

거지가 동물을 데리고 다니는 경우는 없기 때문이다.

시선이 끌리고, 동정심이 생기고, 현준의 태도에 놀란다.

적선을 한 이들은 하나같이 현준을 거지로서 대하지 못

했다.

마치 투자를 하는 느낌이랄까?

덕분에 현준은 하루만에 100골덴의 돈을 벌어들일 수 있었다.

이날 저녁은 고기를 뜯었으며 마구간에서 제법 따스하게 잠에 들 수 있었다.

이곳에서도 누가 잘됐다는 소문은 빠르게 퍼지는 모양이다.

하기야 친척이 땅을 사도 배가 아픈데 생존권에 위협을 받는 상황이라면 더욱 귀가 솔깃할 수밖에 없다.

현준은 하루에 100골덴, 많으면 200골덴 이상을 벌어들이고 있었다.

동물을 대동하는 게 엄청난 시너지를 보이고 있었다.

감히 거지로서는 상상도 할 수 없는 금액이다. 벌이가 좋지 않은 거지는 한 달 내내 구걸해야 겨우 모을 수 있는 목돈이었다.

당연히 눈길이 쏠릴 수밖에 없다. 아니꼬워할 수밖에 없는 상황이다.

누구는 손이 닳도록 빌어야 몇 푼 벌지도 못하는데, 누군가는 그저 동물을 대동했다는 이유만으로 몇 배나 벌어들이고 있었다.

하지만 단순히 동물을 대동해서가 아니란 걸 그들은 깨닫지 못하고 있었다.

실제로 몇몇 거지가 죽어가는 개를 대동하여 구걸을 했지만 신통치 않았다. 그들에겐 현준이 가진 위풍당당한 눈빛이 없었다.

내가 가지지 못하면 남도 못 가지게 해야 직성이 풀리는 족속이다.

당연히 시비가 생겼다.

"누구 허락받고 내 구역에서 동냥질을 하는 거냐?"

몸집이 좋은 거지가 부하 몇을 이끌고 현준을 찾아왔다.

그들을 본 순간, 현준은 이게 텃세임을 알아봤다.

자연스럽게 눈썹이 찌푸려졌고, 주인의 심경이 변했다는 걸 알아챈 보신탕이 거칠게 이빨을 드러냈다.

"허락을 받아야 할 수 있는 일입니까? 아니면 당신이 이 땅의 주인이라도 됩니까?"

"허, 이 불경한 자식. 이 땅의 주인은 당연히 왕이시고, 나는 이 구역을 잠시 맡은 왕초다."

"당신이 이 땅을 맡았다는 문서가 있다면 떠나겠습니다. 하지만 아니라면 방해하지 마십시오. 당신에겐 그럴 권한이 없습니다."

"이 사람! 좋게 말로 하면 안 통하는 고집불통이었군?"

부하들과 다르게 왕초는 제법 살이 올라 있었다. 덩치도 좋고, 다른 거지들이 동냥한 것을 강탈하며 저렇게 살을 불린 것이리라.

돼지 중의 상돼지였다.

이런 인간에게 굽히고 들어갈 정도였다면, 도깨비 탈을 쓰고 범죄자를 잡아들이지도 못했을 것이었다.

남자가 현준의 어깨를 양손으로 우악스럽게 잡았다. 못 먹고 헐벗은 거지였다면 스치는 것만으로도 고통을 느꼈겠지만 현준은 아니다.

근 일주일간 몸을 회복한 상태였다.

근육이 생길 정도로 단련하진 못했지만 싸움의 센스는 남아 있었다.

불의 능력을 발휘할 수는 없어도, 이런 어중이떠중이에게 밀릴 정도는 아닐 터였다.

"좋게 말할 때, 놔라."

"뭐라고? 이 새끼가 정신을 놓았구먼!"

깔깔대며 부하들이 웃어재꼈다.

뭐가 웃긴지는 모르겠지만,

선수필승(先手必勝)이었다.

빠악!

현준이 노린 곳은 턱이다.

가장 적은 힘으로 상대를 무릎 꿇릴 수 있는 신체 부위!

골이 흔들리며 남자가 다리에 힘이 빠진 듯 스르르 쓰러졌다.

"어……?"

"너와 나는 격이 달라. 같은 거지 신세라고 사람이 사람 같지 않아 보이디?"

왕초의 머리를 쥐어뜯으며 사악한 미소를 지어 보였다.

이 지랄 맞은 게임, 도저히 게임 같지가 않다. 속에서 올라오는 열불은 진짜였다.

차라리 노하우를 가르쳐 달라든가, 먹고살기 힘드니까 자리를 조금 이동해 주세요, 하고 정중하게 요청했다면 매몰차게 거절하지 않았을 것이다.

그런데 이놈들은 앞뒤 다 잘라먹고 힘으로 자신을 압박하려 했다.

그것이 얼마나 무모한 짓인지도 모른 채.

능력은 사용할 수 없지만 싸움의 기술은 달라지지 않았고 상대가 공격하는 행동 자체를 읽을 수 있는 눈이 있었다.

파학!

왕초의 입에 주먹을 내리꽂았다.

거지들은 그 광경에 압도되어 눈을 크게 뜨고 별다른 행동을 취하지 못했다.

"뭬! 오랜만에 성질 나오게 하는군."

이런 일은 기선제압이 중요하다.

한번 얕보이면 끝이 없다.

시작했을 때 아예 아작을 내야 한다.

수수방관한 다른 녀석들도 왕초와 같은 꼴을 내줄 필요가 있었다.

적을 늘리는 거 아니냐고?

글쎄.

힘의 차이를 제대로 보여주면 그들은 감히 나를 적대할 생각조차 하지 못할 것이다.

비굴함이 잔뜩 배인 거지가 강한 상대에게 보복할 생각을 할 수 있으리라곤 여겨지지 않았다.

진짜로 자신이 있었다면 몰려오지 않았을 테다. 혼자 왔겠지.

"덤벼, 새끼들아. 아래 달린 물건이 가짜가 아니면 덤비라고!"

"씨, 씨발!"

현준의 비아냥에 악이 받친 거지들이 달려들었다.

바라는 바다.

총 다섯 명.

그중 가장 체구가 좋던 왕초가 뻗었으니 남은 게 네 명이다.

아예 다치지 않을 수는 없겠지만 충분히 상대할 만했다.

상대는 정상이 아니었으니까.

뼈가 보일 정도로 야윈 사람을 상대하는 건 어렵지 않은 일이다.

"멈춰라!"

다섯 명을 모두 아작 냈을 즈음이었다.

현준은 그제야 아차 싶었다.

이곳은 광장의 한가운데였고, 보는 이목이 너무나 많았다.

경비대가 달려오는 것도 매우 정상적인 일이다.

가뜩이나 서러운 거지생활.

시비까지 붙자 머리가 돈 게 분명했다. 그래도 짐승 같은 행동이었다는 건 인정한다.

경비대가 검을 뽑고 달려왔다.

현준은 거지의 목을 조이던 손을 풀고, 얌전히 양손을 들어 올렸다.

"캬악! 퉤!"

왕초의 얼굴에 침을 뱉어주는 건 잊지 않았다.

여기는 유럽 중세시대인데, 현준은 곤장을 맞았다.

게임은 게임인가 보다 생각하며 현준은 감옥 안에서 쓰라린 엉덩이를 쓸었다.

곤장 10대 맞고 엉덩이의 살이 죄다 까졌다.

피가 줄줄 흘러 바닥에 엉덩이를 붙일 수가 없었다.

"텄네, 텄어."

쓰게 웃은 현준이 어두컴컴한 실내를 둘러봤다.

현재 자신이 있는 곳은 독방이었다.

빛 한 줄기 들어오지 않고, 쾌쾌한 냄새가 진동을 하는 장소.

바닥은 얼어붙을 듯 차가운데다 크기도 협소하기 그지없었다.

이 정도 크기면 누울 수도 없다. 원치 않게 새우잠을 자게 생겼다.

'헨젤과 보신탕은 얌전히 있을지 걱정이네.'

이번 싸움으로 헨젤과 보신탕에게 위기가 찾아왔다.

경비대에게 잡히면 그 끝이 좋지 않으리란 강한 직감이 왔기에 그들이 도착하기 직전 둘을 내쫓듯이 보냈다.

명석한 보신탕은 현준의 뜻을 알아듣고 떼어지지 않는 발을 들어 그 장소에서 헨젤과 함께 벗어났다.

끙끙대는 걸 발로 차다시피 밀어냈으니 아예 떠나도 이상하진 않을 것이다.

'차라리 잘됐지.'

하루하루가 불분명한 거지의 아래에서 사는 것보다 아무 거리낌 없이 도시를 돌아다니거나 도시를 떠나 야생에서 살아가는 게 더 나으리라 판단했다.

'좋은 주인 만나거나…… 아예 도시를 떠나는 게 나아.'

벽에 등을 기댄 채 현준은 지끈거리는 머리를 눌렀다.

"아파 죽겠네."

말로만 들었던 곤장을 직접 본 것도 처음이었는데, 보자마자 10대를 맞기까지 했다.

적당한 고통이라면 참을 수 있겠으나 현준마저 비명을 내지르고 말았다.

곤장의 위력이란 대단한 것이었다.

"다시 처음부터 시작하게 생겼군."

앞길이 막막했다.

돈도 압수당했고, 밥벌이용 모자도 빼앗겼다.

경비대가 그것을 얌전히 돌려줄까?

회의적이었다.

"나가면, 쥐도 새도 모르게 몰매를 맞게 해줘야지. 어디서 되도 않는 이빨을 들이밀어? 아무리 남의 떡이 커 보여도 정도가 있지······."

거지 5인방을 떠올리며 현준은 이를 갈았다.

녀석들은 일방적인 폭행을 당했으므로 옥에 며칠 간혀 있다가 풀려날 신세다. 라는 말을 전해 들었다.

억울할 따름이다.

시비는 그쪽에서 먼저 걸었다.

왕초와 경비대장 사이에 자신이 모르는 거래가 있었음이 틀림없었다.

그리고 그 말을 들었을 때, 현준은 헨젤과 보신탕을 떠나 보낸 건 정말 잘한 선택이었다고 생각했다.

그대로 경비대의 손에 맡겼으면 백이면 백 죽음을 맞이 했을 것이다.

'망할 새끼들. 헨젤과 보신탕의 눈곱 하나라도 건드렸으면 편히 죽지는 못할 것이다. 죽여 달라고 아우성치게 해주마.'

어느새 정이 든 동물들이다.

현준은 쓰린 엉덩이를 부여잡은 채 이글거리는 눈빛으로 바깥으로 시선을 돌렸다.

멍멍!

야옹~

늦은 저녁이었다.

현준은 정신을 차리지 못한 채 꿈을 꾸고 있었다.

아주 끔찍하고 더러운 꿈이었다.

세상이 멸망하며 자신의 소중한 이가 모두 죽는 그런 꿈이었다.

막 몸서리를 치려는 찰나, 바깥에서 들려오는 동물의 울음소리에 잠에서 깨어났다.

'무슨 소리지?'

독방이라고 아예 틈이 없진 않았다.

아주 작지만 숨구멍만 한 공간이 존재했다.

눈을 뜨고 고개를 돌린 현준은 크게 놀랄 수밖에 없었다.

"너희들······!"

헨젤과 보신탕이다!

녀석들이 그 작은 숨구멍으로 얼굴을 들이밀며 안달을 내고 있었다.

"여긴 어떻게 찾아온 거냐?"

현준은 기뻤다.

자신이 기르는 것보다 좋은 주인을 찾거나 아예 마을을 떠나는 게 낫다고 생각한 게 몇 시간 전이지만, 막상 떠나보내니 옆구리가 허전했었다.

다시 보게 될 줄은 전혀 생각하지 못했다.

그런데 재회하게 되니 자연스럽게 미소가 베어 나왔다.

헥헥헥!

보신탕이 앞발을 들어 흙을 파냈다. 하지만 지면이 단단해서 쉽지 않았다.

현준은 고개를 내저었다.

"괜찮다. 그보다 배고프지?"

배식 받은 빵조각이 조금 남아 있었다.

상처가 너무 커서 음식이 제대로 들어가지 않았다. 하여 어쩔 수 없이 남긴 것인데, 마침 먹어줄 이가 나타나서 다행이었다.

빵을 더욱 잘게 잘라 틈 속으로 밀어 넣었다.

헨젤과 보신탕이 빵부스러기를 맛있게 먹었다.

"천천히 먹어. 체할라."

푸근하게 미소 지은 현준은 슬쩍 독방의 문에 귀를 가까이 대었다.

간수의 코고는 소리가 여기까지 들렸다.

"너희들, 가라는 말은 안 할 테니까. 사람 피해서 조심히 다녀야 해. 그 거지들을 만나면 뒤도 돌아보지 않고 도망쳐야 하고. 알아들었니?"

끼웅?

냐아.

"……알아들을 턱이 없지. 하여간 조심해야 해."

둘을 독방 내로 들일 수는 없었다.

그저 바깥에서 안전하기를 비는 게 현준이 할 수 있는 전부였다.

이후 배식받은 음식을 최대한 아꼈다가 저녁이 되면 돌아오는 헨젤과 보신탕에게 나눠주었다.

어느새 둘에게 주는 음식은 전혀 아깝지 않게 됐다.

거지 차림으로 많은 적선을 받은 것도 둘의 도움이 아예 없지는 않았던 것이다. 게다가 그간 알게 모르게 정이 들었다.

'저 둘만 무사하면 됐다. 이제 언제 나가느냐가 중요한데……'

가장 고민거리였던 헨젤과 보신탕의 안전을 확인했으니, 이제는 독방을 빠져나가는 일만 남았다.

옥도 좁아서 죄인을 오랫동안 가둬두진 않는다. 중범죄를 저지르면 그냥 목을 베어버린다. 아마도 일주일은 넘기지 않을 것이다.

'내일은 내일의 태양이 뜨니까……'

되도 않는 명언을 중얼거려 보며 현준은 눈을 감았다.

제7장

SSS급 유물

"면회다!"

독방의 간수가 문의 작은 틈을 열고 말했다.

면회라니?

현준은 고개를 갸웃했다.

자신을 면회 올 만한 사람은 없었다.

왕초는 아닐 테고, 현준은 수갑을 찬 상태 그대로 4일 만에 독방을 빠져나올 수 있었다.

면회실은 따로 준비가 되어 있었다.

이 역시 삼엄한 경비 아래에 있어 허튼 생각은 할 수 없었지만 오랜만에 보는 빛과 상큼한 공기가 마음에 들었다.

면회실 안에는 어쩐지 익숙한 인상의 노인이 있었다.

"베스 어르신?"

어찌 잊을 수 있을까.

10골덴이나 적선해 준 노인이다. 자신이 마음을 다스리고 처음으로 시작한 일에 가장 먼저 다가온 인물이니, 그 의미가 더욱 특별했다.

"날 기억하고 있었군."

"어찌 잊겠습니까? 은혜를 갚아야 하는데요."

순간 베스의 눈매가 휘어졌다.

"역시 내가 사람을 잘못 보진 않은 것 같군."

"저…… 그런데 어르신. 여기는 어쩐 일이십니까? 그다지 좋은 장소는 아니잖아요."

"광장에서 자네가 싸운 일로 제법 시끌벅적하다네. 다섯 명을 때려눕혔다지?"

현준은 어깨를 으쓱했다.

"그런 일이 있긴 했습니다만, 싸움 잘하는 게 무슨 자랑이라고요. 별 대단한 게 못 됩니다."

"자네, 그러지 말고 나랑 일해볼 생각 없나?"

"예?"

느닷없는 영입 제안에 현준의 눈이 커졌다.

"나는 내 이름을 달고 작은 상회 하나를 운영하고 있네. 규모도 조금씩 커져가고 있고, 문제는 사람이 부족하다는 거야. 용병을 고용해도 하루아침에 등을 돌리는 도적으로 변신하니, 요즘 손해가 이만저만이 아니지. 특히 최근에는 뒷골목 '와일드' 라는 녀석들이 설쳐서 영업에 곤란을 겪고 있다네."

서슴없는 이야기에 현준은 침음을 삼켰다.

요컨대 베스는 진짜 싸움 잘하는 '싸움꾼'을 필요로 하고 있었다.

용병은 고용해도 하루아침에 칼을 돌리는 족속이다. 당연히 믿음이 제대로 갈 리가 없었다.

그런 때 거지 다섯을 단박에 거꾸러뜨린 현준이 나타났다.

베스는 그 소식을 들었을 때 손뼉을 쳤다.

현준은 당시 상거지의 꼴이었지만, 이상하게 눈빛이 잊히지 않았다. 헌앙한데다 목소리에도 자신감이 넘쳤다.

그것은 베스가 처음 보는 종류의 거지였다. 아니, 도저히 거지라곤 믿겨지지 않았다.

고작 1분 남짓의 대화였음에도 인상에 뚜렷이 박히는 사람이 평범한 거지일 리가 없잖은가.

옥에 갇혔다는 소식에 베스는 모든 일을 마다하고 달려

왔다.

모든 걸 냉철하게 계산하는 베스지만, 이상하게 현준만큼은 단순한 잣대로 계산할 수가 없었다.

"저의 뭐를 보고 그런 제안을 하시는지 모르겠지만……저는 아직 그만한 일을 처리할 역량이 못 됩니다."

너무나 좋은 조건.

당연히 무작정 받아들일 순 없다.

베스상회라면 현준도 몇 번 들어본 적이 있었다.

설마 동명이인이 상회를 운영하고 있으리란 생각은 꿈에도 몰랐지만, 이 마을에선 두 번째로 큰 상회가 그곳이었다.

일개 거지가 주먹 좀 쓴다고 들어갈 수 있는 곳이 아니라는 뜻이다.

운이 나쁘면 칼받이가 될 수도 있었다.

이야기를 들어보니 최근 알력이 많은 거 같은데, 함부로 선택했다간 천추의 한을 남길 수도 있는 노릇이다.

"나는 사람 보는 눈 하나는 썩 쓸 만하다고 자부하네. 자네의 걱정이 뭔지 잘 알아. 실제로 위험한 일이 생길 수도 있고. 하지만 결코 자네에게 나쁜 이야기는 아닐 걸세. 내 비록 차가운 피가 흐르는 상인이라지만 내 사람들에게마저 그렇지는 않으니 고심해서 선택해 주게."

현준은 고개를 끄덕였다.

지금 이 자리에서 당장 결정할 순 없었다.

이야기를 끝내자 베스는 미련이 없다는 듯 자리에서 일어났다.

"지금은 그저 이야기를 전한 것만으로도 충분해. 경비대장에게는 잘 말해 놓았으니 내일이면 옥을 빠져나올 수 있을 게야."

"어르신."

현준이 벌떡 자리에서 일어났다.

지금 이 일은 10골덴과는 비교할 수 없다. 경비대장이 정말 말을 잘해줬다고 양보할 리도 없고, 꽤 많은 돈이 들어갔을 것이었다.

세상살이라는 게 그런 거니까.

하나 베스는 웃어 보일 따름이었다.

"괜찮네. 이건 단순히 내 호의야. 그날 자네가 보여준 모습은 내게 새로운 영감을 가져다 줬거든. 아직 자네와 같이 맑은 눈을 한 이가 이 세상에 남아 있다는 것만으로도 충분한 보상이 되네."

"······내일, 상회에서 뵙겠습니다."

현준은 백기를 들었다.

베스. 이 노인, 장난이 아니다.

저런 식으로 말을 하는데 어느 누가 거절의 의사를 밝힐 수 있겠는가.

별별 사람을 다 만나봤지만 그중에서도 베스는 발군이었다.

그리고 이런 사람의 밑에서 일한다면 그것도 나쁘지 않을 것 같았다.

운이 나빠 봐야 칼받이밖에 더 되겠나.

하지만 그것은 현준의 눈치로 어떻게든 커버할 수 있는 부분이다.

정 마음에 들지 않으면 야반도주라도 하면 된다.

풀뿌리를 캐먹고도 살아갈 수 있는 게 인간의 생명력이다.

"후후! 그러고 보니 이름을 묻지 않았군. 자네, 이름이 뭔가?"

"현준입니다, 어르신."

"현준? 특이한 이름이군."

베스가 껄껄 웃었다.

현준도 마주하며 미소 지었다.

"아무튼 내 기다리고 있겠네. 베스상회를 찾아와서 내 이름을 대면 모든 일이 술술 풀릴 게야."

"제 차림이 이래서, 들여보내 줄지 모르겠습니다."

현준의 꼴은 거지 중의 거지였다. 베스 상회는 마을에서 두 번째로 큰 곳이었고, 거지는 결코 들어갈 수 없는 장소다.

문지기가 현준을 들여보내 줄 리가 없었다.

"아! 내 정신이 없군. 이걸 받게나."

베스가 작은 천을 내밀었다. 둥글게 싸인 천 안에는 무언가가 들어 있었다.

"이게 뭡니까?"

"내 인장과 돈 몇 푼일세. 씻고, 새 옷을 입은 뒤 찾아와야 할 게야."

300골덴과 베스상회의 인장이 박힌 배지 하나. 그것이 전부였지만 현준은 고개를 숙였다.

"이렇게까지 챙겨주시다니 감사할 따름입니다. 이 은혜는 꼭 갚도록 하겠습니다."

"은혜랄 것까지야. 하지만 오면 혹독하게 부려먹을 생각이니, 각오는 하는 게 좋을 것일세."

"각오는 이미 했습니다."

현준이 눈을 빛냈다.

티 없이 맑은 그 눈빛을 보고 베스는 감탄했다.

"바로 그 눈빛이야. 도저히 뇌리 속에서 잊히지가 않더군."

"하하! 제 눈에 뭐가 있다고요. 금가루를 뿌린 것도 아닌

데 말입니다."

"하여간 꼭 찾아오게. 기다리고 있겠네."

베스가 자리에서 일어났다.

마침 면회시간도 끝이 다가오고 있었다.

현준도 덩달아 일어서서 조심스럽게 말했다.

"예, 어르신. 조심히 들어가십시오."

"하루를 더 보내야겠지만 힘내게."

"하루가 아니라 한 달도 끄떡없습니다."

"끌끌!"

베스는 기분 좋게 웃으며 면회실을 떠나갔다.

씻고, 깔끔한 옷을 사 입고, 배에 기름띠를 두른 뒤, 말끔해진 인상으로 현준은 베스상회를 찾았다.

양옆에서 따라오는 고양이 한 마리와 개 한 마리는 덤이었다.

"누구십니까?"

상회 앞을 지키는 문지기는 둘이었다.

현준은 자신 있게 품에서 상회의 인장이 박힌 배지를 꺼내 들었다.

"베스님을 뵈려고 왔습니다. 현준이란 사람이 왔다고 전해주시면 됩니다."

인장을 자세히 확인한 문지기가 고개를 숙였다.

"잠시 기다리십시오."

현준은 잠시 입구에 서서 상회의 모습을 바라봤다.

현대의 높은 건물에 비할 바는 아니지만 여기는 전혀 다른 세계관의 배경이다.

중세 유럽을 모티브로 삼았으니 5층 건물도 상당히 높은 축에 속했다.

적어도 마을 내에서 이보다 큰 건물은 손에 꼽을 정도였다.

이게 두 번째로 큰 상회인가.

마을은 항구고, 무역도 활발하게 이뤄지는 장소다. 사실 마을이라기 보단 도시에 가까울 만큼 인구가 많은 곳이었다.

그곳에서 둘째가라면 서럽다는 말은, 그야말로 엄청난 부를 거머쥐고 있다는 뜻과 일맥상통했다.

'이런 곳에 인재가 없다는 말이지.'

돈으로 모든 걸 해결할 수는 없다는 말이다.

현준은 그 사실에 입안이 씁쓸해졌다.

우주에서 징역살이를 한 뒤 돌아온 곳. 부모님과 하나뿐인 여동생은 F구역의 시민이 되어 힘겹게 살아가고 있었다. 그래서 악착같이 돈을 모으리라 다짐했다.

하지만 알고는 있다.

아무리 돈이 많아도 해결할 수 없는 게 있다는 것쯤은.

물론 돈이 없으면 해결하지 못하는 게 기하급수적으로 늘어난다.

어찌 됐든 이왕이면 다홍치마라는 것이다.

일단 돈을 산처럼 쌓은 뒤에 고민해 봐야 할 문제였다.

시간이 조금 더 흐르자 안으로 들어갔던 문지기가 나왔다.

"상회주님께서 들어오라 하십니다."

커다란 입구로 현준은 당당하게 들어갔다.

이제 이곳이 자신의 직장이 된다. 하루 벌어 하루 사는 거지의 생활은 안녕이었다.

'전화위복이 따로 없군.'

거지들과 싸운 게 오히려 득이 된 셈이다.

이래서 사람 일은 모른다는 거고…….

현준은 쓰게 웃었다.

상회주 베스가 머무는 곳은 3층이었다.

문을 열고 들어가자 차를 마시며 기다리는 베스의 모습이 보였다.

"오늘부터 잘 부탁하네, 현준."

"저야말로 잘 부탁드립니다."

둘은 손을 맞잡았다.

이후 자리에 앉아 서로를 마주보았다.

탁자 위에는 허브티가 마련되어 있었다.

현준이 왔다는 소식을 듣고 바로 준비한 것 같았다.

베스는 허브티를 한 모금 들이켜며 잠시 시간을 가졌다.

"향이 좋군요."

차 맛은 잘 모르지만 허브티의 냄새는 정말 달콤했다.

그간 팍팍한 음식만 먹어서 그런지 입안을 정화시켜 주는 느낌이었다.

"다른 건 몰라도 차는 제일 좋은 걸로 쓴다네. 우리 상회의 직원들은 모두 이런 차를 마시지."

"대단합니다."

들어가는 돈이 상당할 텐데, 베스의 말이 사실이라면 정말 아낌없이 퍼주고 있는 것이다.

이런 차를 마시고 싶을 때 마실 수 있다면 상당히 행복할 것 같았다.

모르긴 몰라도 이런 특혜 탓에 상회에 들어온 사람도 많지 않을까.

헤헤.

니야~

헨젤과 보신탕이 다리에 얼굴을 비볐다. 자신들에게도 관심을 주라는 뜻이다.

"허허, 귀여운 동물들이군."

"제가 아끼는 친구들입니다."

"동물을 아끼는 사람은 더욱 열성적이지."

이젠 현준이 뭘 한다 해도 예쁘게 볼 듯싶었다.

콩깍지가 쓰였다고 해야 할까?

그게 조금 부담스럽긴 했지만 자신을 좋게 봐준다는데 싫어할 리가 없었다.

천천히 차를 전부 마신 다음 베스가 눈길을 돌렸다.

"그나저나…… 자네에겐 미안한 말이지만, 바로 확인을 해 봐도 괜찮겠는가?"

"확인을요?"

"실력을 조금 보여줬으면 한다네. 실력이 확인되면 자네는 내 사병들에게 주먹 쓰는 법을 가르치게 될 거야."

현준은 고개를 끄덕였다.

파격적이라고도 부족할 정도의 대우다.

"제가 그런 자리에서 잘할 수 있으리라 보십니까?"

"당시 자네가 싸우는 모습을 보던 이가 많네. 그들에게 들은 바가 사실이라면 충분히 할 수 있으리라 보네."

"……확실히 반발이 있겠군요. 알겠습니다. 대련이야 저도 환영하는 바입니다."

체계적으로 무언가를 가르칠 순 없었다.

애당초 현준도 체계적으로 싸우는 법을 배운 바는 없었다.

다만 각성을 하며 본능적으로 사람을 가장 손쉽게 파괴할 수 있는 부위를 알게 됐다.

그런 경험이 지금 몸에 축적되어 있다.

잘 살리면 몇 명 가르치는 건 일도 아닐 것이다.

"다행이로군. 우선 여장을 풀지. 사람을 붙여줄 테니, 머물 방을 확인해 보게."

"후우! 이제는 그냥 받도록 하겠습니다. 하나하나 감사함을 전했다간 끝이 없을 것 같군요."

"고마움은 많이 전할수록 좋은 거야."

"많이 뱉으면 진실성이 없어 보일 수도 있지요."

현준이 씩 웃어보였다.

"자네 마음대로 하게."

이번에는 베스가 졌다는 듯 고래를 절레절레 저었다.

이로써 1승 1패였다.

무승부!

'확실히 재밌는 사람이야.'

현준의 생각 속에서 베스의 가치가 올라간 순간이었다.

연무장에 수많은 사람이 모여 있었다. 그들은 흉흉한 기세로 막 들어온 현준을 바라봤다.

간이 작은 사람이라면 이 광경에 압도되어 바짝 얼어버렸을 거다.

그런 의미에서 베스는 너무 막나가는 경향이 있었다.

만약 현준이 이런 시선을 받아들이지 못했다면 그대로 나가떨어졌을 것이다.

시작이 이 정도인데, 그는 자신에게 뭘 바라고 있는 걸까?

'적당히 욕심 내지 않고, 어느 정도 선에서만 부린다면야 나도 군말없이 따르겠지만. 그 이상을 바라면 어쩔 수 없다.'

현준은 적당하게 선을 그었다.

아무리 그가 자신에게 은혜를 주었대도 무작정 끌려다닐 순 없었다.

갚을 건 확실히 갚지만, 딱 그뿐이다.

"반갑군, 제군들!"

현준이 넉살좋게 미소 지었다.

연무장의 분위기가 더욱 가라앉았다.

'저 또라이는 뭐야?' 하는 눈빛이다.

대략 15명 정도. 모두 체격적인 조건은 합격이었다. 근육이 우락부락하다는 느낌은 없었지만 굶어서 여위지 않은 것만으로도 훈련을 해나갈 순 있을 것 같았다.

"내가 누구인지 모르는 건 당연하다. 나도 너희가 누구인지 모르니까."

"뭐하는 놈이야, 저거?"

"뭐하는 놈이긴. 너희한테 이걸 가르쳐 줄 사람이다."

현준은 주먹을 불끈 쥐었다. 그리고 자세를 잡은 뒤 허공에 훅을 날렸다.

휙!

바람 가르는 소리와 함께 주먹이 빠르게 뻗어 나간다. 정확히 두 번 휘두른 뒤, 현준은 예의 자세로 돌아왔다.

"이야기는 들었겠지."

"이봐, 그럼 당연히 아무도 인정하지 않고 있다는 것도 들었겠지?"

"그야 당연히 들었지. 그래서 묻는 건데……."

현준은 좌중을 한 번 훑은 뒤 한쪽 입매를 올리며 말했다.

"여기서 제일 센 놈이 누구냐? 주먹 잘 다루는 놈이 누구냐고."

"나다. 작은 친구."

2m는 되어 보일 법한 거구가 앞으로 나왔다.

크다! 현준은 머리 하나는 더 큰 남자를 보고 혀를 내둘렀다.

단순히 주먹 싸움에서 체격의 차이는 절대적이다.

능력을 사용할 수 없는 현준은 속으로 조금 쫄 수밖에 없었다.

'죽기밖에 더하겠어?'

현준에게 있는 무기는 두 가지.

정확하게 볼 수 있는 눈과 싸움의 센스!

몸은 평균보다 조금 나은 정도였다. 현실에 존재하는 현준의 몸을 그대로 가져왔다면 이곳에 있는 모두를 상대해도 부족함이 없겠지만, 이 삐쩍 마른 몸으로는 분명히 한계가 있었다.

'몸이라도 조금 만들고 나서라면 모르겠지만…….'

겨우 회복되려는 몸을 독방에 4일간 놔둠으로서 다시 엉망이 되었다.

배에 기름칠을 하고 왔대도 100% 승리를 장담하기엔 부족한 게 사실이다.

그래도 현준은 검지를 까딱였다.

"덤비라구, 큰 친구."

현준은 연무장의 중앙에 섰다.

거구의 사내도 그런 현준과 반대편에 서서 웃통을 벗어

재꼈다.

몇 개의 검상이 유독 눈에 띤다.

주변의 사람들은 자연스럽게 물러나 원이 만들어졌다.

슉! 슉슉!

"작은 친구. 지금 포기하면 관절 하나만 부러뜨리는 걸로 용서해 주지."

거구에서 뿜어지는 주먹은 속도가 느려도 파괴력이 있다.

공기를 가르는 소리가 묵직하다. 하지만 현준은 적어도 말로 질 생각은 없었다.

"그럼 나는 두 개만 부러뜨리는 걸로 용서해 주지!"

어깨를 으쓱한 현준이 즉시 자세를 잡았다.

"새끼!"

거구의 사내가 주먹을 뻗었다. 정직하기 그지없는 스트레이트다.

하지만 시작부터 얼굴을 노린 건 조금 심하지 않나?

저런 주먹에 잘못 맞으면 한 방에 훅 간다.

'사생결단을 내자 이거지!'

물론 체격 차에 의해 때릴 곳이 얼굴밖에 없다는 건 이해하지만 화가 나는 건 어쩔 수 없다.

현준이 사내의 얼굴을 때리면 타격이 많이 격감될 것이다.

예전 왕초를 쓰러뜨릴 때처럼 턱을 노리거나 급소를 때려야 했다.

다음 행동을 결정한 현준은 사내의 주먹을 살짝 숙여 피한 뒤 흥부를 때렸다.

하지만 손을 뻗은 사내가 급히 몸을 틀어 아슬아슬하게 피해냈다.

'오, 유연한데?'

저만한 거구로 저만한 유연성이라니.

반칙이다.

현준은 질리는 걸 느끼며 빠르게 스탭을 밟았다. 상대가 웬만한 공격에 내성이 있다는 걸 확인한 이상 속전속결은 무리다.

최대한 현란하게. 나비처럼 날아 벌처럼 쏠 필요가 있었다.

그런 스탭은 사내로서도 처음 보는 모양인지, 버벅거리는 게 느껴졌다.

기교라는 걸 모르는 이들은 우직하게 공격과 방어를 일삼지만 현준은 그걸 넘어 활용도 할 줄 알았다.

바로 페인트 모션이다.

때리는 척, 때리지 않고 당황한 상대를 몰아붙인다.

거구의 사내는 그냥 피지컬이 좋을 뿐이었다. 몸도 유연하니 맨손격투로는 상대할 자가 없었겠지.

'왼쪽!'

몸을 선회한다. 이후 급속히 몸을 낮춰 발을 걸었다.

'단단해!'

살짝 몸이 기울어지긴 했지만 그게 전부다. 완전히 넘어가진 않았다.

현준은 급히 뒤로 물러나 옆구리에 정확히 펀치를 날렸다.

팍!

묵직한 소리와 함께 사내의 인상이 찌푸려졌다. 하지만 역시 힘이 약하다.

훈련 전에 자신의 몸부터 돌아볼 필요가 있을 것 같았다.

'망할. 너무 불리한 조건이잖아. 난 한 대만 맞으면 훅 가고, 저놈은 몇 대를 맞춰야 할지 감도 안 잡히고!'

악조건도 이런 악조건이 없다.

지구력도 상대가 되지 않을 텐데, 몸성히 나갈 수 있을지가 의문이다.

'진정하자. 기술적으로는 내가 몇 수는 우위에 있다. 열 번 찍어 안 넘어가는 나무 없어.'

다급한 쪽이 진다. 최대한 마음을 추스르며 빈틈을 노린다.

거구의 사내는 한 번도 공격을 성공시키지 못했다.

초조함이 극에 달해 있을 터.

지금이 기회였다.

"왜 그래? 주먹이 다 빗나가잖아! 동네 왈패도 너보단 잘 싸우겠다!"

"너무 느려서 하품이 다 나온다. 이래 가지고 모기 한 마리 잡겠어?"

"이야. 날씨 좋네! 아주 먹구름이 자글자글해. 네 미래 같지 않냐?"

싸구려 도발도 타이밍에 따라서 강력한 무기가 되는 법이다.

거구의 사내는 약이 바짝 올랐다.

현준은 속이 울렁거릴 정도로 몸을 잽싸게 움직이며 계속해서 타격을 누적했다.

놈은 포기했는지 계속해서 현준을 붙잡으려 애썼다.

붙잡기만 하면 신체적인 조건으로 밀어붙일 수 있다는 계산일 것이다.

확실히 현명한 선택이다. 잡히면 가망이 없다. 초근접전은 피해야 한다.

하지만 잡으려는 동작을 취하면 자연스럽게 몸이 낮아진다.

몸이 낮아진다는 건?

상대의 얼굴이 자신의 앞에 당도한다는 뜻이다!

빠악!

무릎으로 사내의 목을 잡고 이마를 인정사정없이 가격했다.

순간의 동작이었으나 골이 흔들리며 사내가 잠시 비틀거렸다.

그때를 놓치지 않고 현준은 이마로 사내의 턱을 가격했다.

쿵!

싸움이 시작된 지 10여 분.

거구의 사내가 쓰러졌다.

"자식, 맷집 하난 인정한다."

현준이 작게 읊조리자 모두들 꿀 먹은 벙어리처럼 시선을 옮기질 못했다.

소매 사이로 드러난 앙상한 육체. 크지 않은 체구로 거구의 사내를 쓰러뜨리리라곤 누구도 상상하지 못했다.

"내가 몸만 정상이었어도 넌 다섯 합이면 끝이야. 이거 서러워서 몸을 불리던가 해야지!"

툴툴대며 현준은 좌중을 훑었다.

모두 꿀 먹은 벙어리였다. 그저 가만히 쓰러진 거구의 사내와 현준을 번갈아볼 뿐이었다.

그들도 인정할 수밖에 없었다.

현준의 격투기술은 차원이 다르다는걸!

"또 덤빌 사람 있나? 두 명까진 더 상대할 수 있을 거 같은데."

냉정하게 몸 상태를 점검한 현준이 말했다.

입에서 단내가 나올 정도로 힘이 들긴 했지만 젖 먹던 힘까지 짜내면 두 명은 더 상대할 수 있을 것 같았다.

설마하니 쓰러진 거구의 사내 같은 놈이 더 있으리라 여기진 않았다.

"이번인 내가 해 보겠소."

아무리 격의 차이를 봐도 포기하지 않는 게 남자란 족속이다.

자신이 직접 깨지기 전에는 쉽사리 인정을 못하는 것이다.

현준은 고개를 주억였다.

이대로 끝내기엔 확실히 찝찝했다.

그날, 현준은 다섯 명을 더 쓰러뜨리고 휴식을 요청했다.

다음 날 또다시 다섯을 쓰러뜨렸으며, 다섯 날이 지난 이후 모든 이가 현준을 선생으로 받아들였다.

검술선생도 아닌 권투선생이라니.

팔자에도 없을 짓을 하고 있다며 혀를 찬 현준은 그래도 맡은 일이니 최선을 다해 사병들을 훈련시켰다.

그사이 현준도 몸이 점점 좋아지고 있었다. 매일 양질의 음식을 먹고 확실하게 운동으로 소화시키자 순식간에 근육이 불어났다.

몸까지 좋아진 현준을 상대한 이는 적어도 이곳엔 없었다.

하루에 열 명도 거뜬히 상대하는 걸 보며 사병들은 혀를 내둘렀다.

숫제 괴물이 아닌가.

그를 이길 수 있는 기회는 첫날뿐이지 않았을까.

모두 이와 같은 생각을 하며 빠듯하게 현준의 진도를 따라왔다.

시간은 빠르게 흘렀다.

현준의 열성적인 지도 아래 사병들은 점점 강해졌다.

그 힘을 바탕으로 뒷골목 거대조직 '와일드'를 소탕할 수 있었다.

뿐만인가?

이곳을 다스리는 귀족이 기사 직위까지 내렸다. 현준은 상단을 벗어나 기사로서 직분을 다하게 됐다.

상단에도 강력한 사병을 남겼으니 은혜는 전부 갚은 셈이다.

6개월가량이 더 흐르자, 영지전이 발생했다.

현준은 영지전에서 땅을 울리는 거대한 전적을 세웠다.

상대 기사 스무 명을 단번에 도륙하며 만인의 입에 오르내리게 됐다.

그에 궁금증을 느낀 왕이 현준을 직접 초대했고, 왕의 앞에 무릎 꿇은 현준은 '질풍의 기사'라는 이름을 얻을 수 있었다.

헨젤의 주인도 찾을 수 있었다.

놀랍게도 헨젤의 주인은 왕국의 3공주였다.

그녀는 헨젤을 보자마자 눈물을 뚝뚝 흘렸다. 목에 걸린 방울을 보곤 바로 알아차린 것이다.

왜 그런 동네에 놀러갔다가 헨젤을 잃었는지 의문이지만 더는 묻지 않았다.

현준은 헨젤을 주인에게 돌려주었다.

그 대가로 '샤이닝스타'라고 불리는 성검을 얻었다. 고양이 한 마리 무사히 건네준 것치곤 과분한 선물이다.

성검은 구한 현준에게 더 이상 적은 없었다. 2년이 더 흐르자 현준은 왕국 제일의 기사가 되었다.

그리고……

마왕이 나타났다.

그것도 하필이면 현준이 활동하는 왕국에서 나타났다.

차원의 틈을 찢어발기며 수많은 마족과 함께 왕국을 멸망시켰다.

마왕의 힘은 너무나 강력해 현준조차 어쩔 수가 없었다.

후일을 기약하며 현준은 전장을 이탈했고, 그 뒤로 무수히 많은 전쟁에 참여해 마족을 도륙했다.

10년이 더 흘렀다.

인류의 마지막 보루.

성국에 모든 인류가 집결했다.

병사의 숫자만 200만에 달했다.

마법사, 성직자, 기타 모든 병종을 합치면 셀 수조차 없을 정도다.

그럼에도 승리를 장담할 수 없었다.

"전원, 돌격하라!"

현준은 기백만에 달하는 병사들의 선두에 섰다.

인류 최강의 기사 현준.

성검 샤이닝스타의 주인.

마왕은 오직 성검으로만 없앨 수 있었다.

수백만의 병사와 수많은 마족이 부딪쳤다.

그사이에서 현준은 10년 만에 다시 마왕과 마주할 수 있었다.

둘의 싸움은 장차 삼 일이나 이어졌다.

둘의 싸움에 말려들어 사망한 병사와 마족의 숫자가 기천에 달했다.

그리고 마지막 순간에, 현준은 드디어 마왕의 심장에 성검 샤이닝스타를 꽂을 수 있었다.

"아……."

현준은 전율했다.

드디어.

드디어 끝났다.

인류는 승리했다. 마왕은 죽었다.

마왕의 시체 위에 현준이 올라섰다.

모든 마족이 마왕의 죽음을 믿을 수 없다는 듯 멈춰 섰다.

전의를 상실한 채 검에, 마법에, 법문에 맞았다.

"인류는!"

사자후!

현준의 목소리가 전장 전역에 걸쳐 울려 퍼졌다.

이제 정말 끝이다.

현준은 10년간 묵은 모든 감정을 지금 이때에 쏟아냈다.

"승리했다!"

눈물이 흘렀다. 놈의 몸에 샤이닝스타를 쑤셔 박는 걸 수천 번 상상했다.

그 상상이 현실이 되었다. 어찌 눈물이 나오지 않을 수 있을까.

그런데.

그 순간이었다.

「미션 클리어!」

「SSS급 유물이 개방됩니다.」

「고생하셨습니다. 부디 지금의 마음을 잊지 않으시기를…….」

제8장

돌아온 현실. 그리고……

눈을 떴을 땐, 모든 게 달라져 있었다.

현준은 누워 있었고 그 옆에서 철제거미가 작은 칩을 살피며 바쁘게 움직이는 중이었다.

"여긴……."

반쯤 몸을 일으켜 세웠다.

어디선가 많이 본 광경.

하지만 기억이 흐릿하다.

분명히 마왕을 죽였는데.

전장에 있어야 할 자신이 왜 이런 곳에 있단 말인가.

「사용자여. 일어난 거 같아 다행이구나.」

"사용자?"

이 역시 많이 들어본 단어다.

현준이 고개를 갸웃하자 철제거미가 말했다.

「이건 정말 대단한 물건이도다. 현대과학으로는 결코 풀수 없는 암호가 걸려 있다. 이 암호를 풀려면 200년은 걸릴 것이도다! 그런데 어찌 된 영문인지 사용자가 그 암호를 30분 만에 풀어냈도다. 이건 정말 이상한 일이도다.」

"30분?"

「그렇도다. 사용자가 데이터 칩에 내장된 게임 속에 들어간 지 정확히 30분이 지났도다. 무슨 문제가 있는 것인가?」

"아, 아니, 넌 뭐야? 여긴 어디고? 잠깐. 말하지 마봐. 넌…… 넌 그러니까, 메시아. 메시아 맞지?"

「흠. 머리에 타격을 받은 건가? 나는 사용자의 서포터 메시아가 맞도다.」

"이런, 썅! 그, 그리고 여긴, 여긴 분명히 집인데. 젠장, 뭐가 어떻게 돌아가는 거야!"

현준은 신경질적으로 자신의 손바닥을 쳐다봤다.

상의를 벗고 몸 구석구석을 살폈다.

검을 너무 많이 휘둘러 생긴 굳은살과 살갗이 전부 까진 상처도, 몸에 새겨진 무수한 검상도, 무엇 하나 없는 깨끗한 몸이었다.

"이럴 리가…… 이럴 리가 없는데? 거울! 거울은?"

「……화장실에 있도다.」

현준은 자리에서 일어나 급히 화장실로 뛰어갔다. 집 내부의 구조가 익숙해 금방 찾을 수 있었다.

화장실에서 거울 안에 비친 자신의 모습을 확인하고, 현준은 망연자실한 표정을 지을 수밖에 없었다.

"하……."

얼굴이 다르다.

완벽하게 다른 건 아니다.

비슷하면서도 분명히 다른 얼굴이었다.

젊었을 적 자신의 모습이, 13년 전의 그 모습이 지금 거울 안에서 자신을 쳐다보고 있었다.

13년.

현준이 그곳에서 보낸 시간이다.

그간 현준은 그곳이 게임이란 걸 잊고 있었다.

"그래, 게임, 게임이었지. 빌어먹을. 게임이었다고."

쩽─ 그랑!

현준의 주먹이 거울에 박혔다.

산산조각 난 거울의 파편이 사방에 떨어졌다.

"그게 게임이었다고? 하!"

현준은 바드득! 이를 갈았다.

시간과 공간의 괴리에 현준이 괴로워하고 있을 때, 버뮤다 삼각지대에 거대한 철제의 상자가 떠올랐다.

그것은 마치 관처럼 보이기도 하는 물건이었다.

치잉, 소리와 함께 철제의 상자를 잠갔던 문이 열리고, 이 세상의 인간이라곤 믿기지 않을 정도로 아름다운 금발 청안의 미녀가 그 안에서 몸을 일으켜 세웠다.

"억셉스 완료."

목소리마저 마성이 가득했다.

몸에 착 달라붙는 흰색의 전신타이즈는 압도적인 몸매를 훌륭히 과시했다.

여인의 입가에 미미한 미소가 감돌았다.

"1239년하고도 3개월 13일 22시간 35분 31초만의 세상인가! 이런, 말을 하면서 6초가 더 지나 버렸군!"

그때였다.

여인의 몸이 아무런 징조 없이 떠오르기 시작했다.

쿵쿵!

마치 중력을 무시하듯 아무런 위화감 없이 떠오른 여인은 냄새를 맡는 양 주변의 공기를 콧속으로 흡입하더니 곧 한 방향을 바라보며 중얼거렸다.

"코드네임 보신탕. 지금 당장 주인을 만나러 간다."

* * *

현준은 하루가 다르게 폐인이 되어갔다.

집에 틀어박혀 현실과 가상의 경계에 섞여들어 엄청난 혼란을 느끼고 있었다.

어머니, 아버지, 심지어 경주마저도 그런 현준을 걱정하고 병원에 가보길 권했지만 현준이 느끼는 정서적 불안감은 단순하게 해결될 수 있는 문제가 아니었다.

13년이다.

13년.

그 공백을 어찌 채운단 말인가?

현준이 살아온 인생의 절반이었다. 그 시간을 현준은 가상세계에서 보냈다.

처음에야 게임인 줄 알았지만 어느새 그곳은 현실이 되었다.

마왕을 무찌르고자 몇 번이나 죽을 위기를 넘겼다.

동료들과 절차탁마하여 세상의 오지에서 오지로 도망 다니는 나날.

그럼에도 하루하루에 충실감이 넘쳤다.

그게 게임이었다니.

며칠이 지나자 게임인 것도 같았다.

현실은 분명히 지금 자신이 있는 이곳이었다.

진짜 가족이 존재하는 보금자리. 헷갈려 할 것조차 없겠지만⋯⋯.

이 공허함은 어찌한단 말인가.

'사람을, 사람을 만나야겠다.'

돌아온 지 일주일.

불현듯 든 생각이다.

계속해서 이대로 있다간 영원히 무슨 굴레에서 빠져나갈 수 없을 것 같았다.

기회는 지금뿐이다. 현준은 자리에서 일어나 씻고 옷을 챙겨 입었다.

그리고 거리로 나갔다.

사람이 가장 많은 C지구의 카페에 앉아 사람들을 구경했다.

'여기가 현실이다.'

사람과 사람이 부대끼며 살아가는 장소.

현준은 복잡한 눈빛으로 그들을 바라봤다.

분명히 사람일진대 왠지 가짜처럼 느껴졌다.

고개를 내저었다. 문제가 점점 심각해져 가고 있었다.

핸드폰을 꺼내 전화목록을 뒤졌다.

얼마 있지도 않았지만, 부르면 달려와 줄 수 있는 사람,
어쩐지 보고 싶은 사람.

그런 사람이 필요했다.

—현준?

반가운 목소리다.

기억조차 가물가물하지만 이 무감정하면서도 절제되어
있는 여인의 목소리를 잊을 리는 없었다.

"아…… 린. 맞나?"

—응. 왜?

"그냥…… 지금 뭐하고 있지?"

—산속에서 훈련 중.

"그래, 그렇구나."

—……?

"아니다. 훈련 열심히 하고. 잘 지내고 있다니 다행이
다."

현준은 일방적으로 전화를 끊었다.

산속에 있다는 이를 이쪽으로 부를 수는 없는 노릇이다.

다시 핸드폰에 저장된 목록을 뒤졌다.

그러나 현준이 부른다고 달려올 사람은 가족 외엔 없었
다.

'내가 부를 사람이 이렇게 없었던가?'

쓸쓸한 미소가 자연스럽게 지어졌다.

현준은 가만히 앉아 사람들이 나부끼는 걸 바라만 봤다.

30분, 한 시간, 두 시간······.

카페가 끝날 때까지. 음료만 열 개 이상을 시켰으니 족히 다섯 시간은 앉아 있었던 것 같다.

"손님, 영업이 끝났습니다."

"벌써 끝났군요."

"죄송합니다. 자리를 비워주셔야······."

"아닙니다. 슬슬 일어날 생각이었습니다."

종업원이 다가와 양해를 구했다.

더 폐를 끼칠 순 없는 노릇이다.

현준은 천천히 자리에서 일어나 카페의 1층 출입구로 나왔다.

하늘은 어느새 깜깜했다.

대중교통의 이용시간이 끊기기 전에 집으로 돌아갈 필요가 있었다.

번쩍이는 네온사인.

활기찬 밤의 거리가 시작되었지만 이조차도 현실적으로 와 닿지가 않았다.

마치 무언가 중요한 걸 잃어버린 것 같았다.

"……멈춰!"

등 뒤를 향해 누군가의 따가운 목소리가 들렸다.

익숙했지만 다른 사람이라 생각하며 현준은 그대로 걸음을 옮겼다.

텁!

누군가가 어깨를 붙잡았다.

이에 의아해한 현준이 고개를 돌렸다.

"아린? 산속에 있다면서?"

현준의 눈이 커졌다.

전혀 예상하지 못한 인물이다.

왜 그녀가 지금 이곳에 있단 말인가?

"산, 속에, 있었어. 후!"

한 단어, 한 단어를 또박또박 말하며 아린은 거칠게 뛰는 심장을 진정시키려고 애썼다.

꼴이 말이 아니었다.

예쁜 얼굴에는 먼지자국이 만연했고 머리칼도 정돈이 되지 않았다.

옷차림은 서바이벌에 특화된 군복 비슷한 것이었는데, 역시나 더럽긴 마찬가지였다.

땀도 비 오듯이 흘리고 있었다.

거친 숨은 도통 정돈될 기미가 보이지 않았다.

"일단 진정해라. 얼굴이 장난 아니네."

"현준······ 도!"

"내 얼굴도 장난 아니라고? 하하."

현준은 주머니 안에서 손수건을 꺼내 아린의 얼굴을 쓱쓱쓱싹 닦아주었다.

아린은 뭔가 불만인 듯 살짝 눈살을 찌푸렸으나 현준의 손길을 거부하진 않았다.

그제야 예쁜 얼굴이 제대로 나타났다. 현실에서는 얼마 되지 않았겠지만 현준이 기억하는 13년 천의 아린이 확실했다.

아름답지만 맹한 얼굴.

다시 보니 왜인지 귀엽게만 느껴졌다.

현재 현준은 신체와 정신 사이에 메워지지 않는 결함이 있었다.

아버지를 볼 때도, 어머니를 볼 때도 어떻게 대해야 할지 쉽사리 갈피를 잡지 못했다.

"뭘 그렇게 급하게 달려온 거야?"

"말투가 이상해서."

"내 말투가?"

"꼭, 죽으러 가는 사람 같았어."

아린의 표정은 굳어 있었다.

오직 그 목소리 하나만 듣고 먼 산속에서 이곳까지 부리 나케 달려온 모양이었다.

"죽긴 내가 왜 죽어? 팔팔하게 살아 있는데."

"음."

아린은 더욱 유심히 현준의 얼굴을 살폈다. 그리곤 고개를 갸웃했다.

"뭔가 이상해. 훨씬 나이 들어 보여."

"왜? 중후한 멋이라도 풍기나?"

"아니…… 분위기가."

얼굴을 좌우로 흔든 아린이 현준의 손을 붙잡았다.

그녀 쪽에서 현준의 손을 잡은 건 처음 있는 일이었다.

"힘들 땐 밥. 든든하고 맛있는 게 최고랬어."

그리곤 강제적으로 현준을 끌고 가기 시작했다.

보통의 여자라면 샤워를 하고 싶다거나 잠깐 쉬자고 할 텐데, 아린의 행동은 웬만한 사내 뺨칠 듯이 터프하기 그지없었다.

'못 당하겠군.'

그 뒤에서 현준은 쓰게 웃었다.

포커페이스 아린만큼은 정말 못 당할 것 같았다.

아린과의 만남으로 인해 현준은 조금이나마 정신을 차릴

수 있었다.

그리고 천천히 지금의 자신을 받아들이기 시작했다.

비록 홀로 겪은 13년이지만 거기에도 인생이 있었다.

13년이 지나 돌아온 자신이 현준이 아닌 것도 아니었다.

모든 건 생각하기 나름이다. 비록 그 괴리감에 몸부림칠지언정 포기해선 안 된다.

조금씩 건강을 되찾아가는 현준의 모습에 가족들도 기뻐했다.

'본업에 충실할 때가 됐어.'

현준의 본업은 현상금 사냥꾼이다.

도깨비 탈로 범죄자들을 때려잡는 게 그의 일이다.

이제 돌아갈 때가 됐다. 무엇보다 몸을 격하게 움직이고 싶었다.

가상세계에서 그는 대륙을 호령하는 기사였다. 10년간 피에 절어 전쟁을 치렀다.

자신을 받아들이기로 했지만 아직은 지금의 생활이 적응되지 않았다.

그곳에 비하면 F지구는 천국과 같다.

수십만의 인간이 몰살을 당하고 마족의 노예가 되어 산 채로 인체실험을 당하는 그곳보다는 낫다고 생각했다.

현준은 다시 도깨비 탈로 돌아갔다.

조금 더 적극적이 되어서 범죄자들을 소탕했다.

도깨비 탈이 나타나는 장소는 어김없이 파멸을 맞이했고, 범죄자들은 도깨비 탈의 '도' 자만 들어도 경기를 일으킬 수준으로 변했다.

아린을 내세워 현상금을 받는 것도 그만뒀다.

조금 더 자신의 삶에 적극적이 되자고, 그만 뒤에 있자고 다짐한 것이다.

'나는…… 도깨비 탈이다. 악인을 배척하고 쓰러뜨리는 건, 그쪽이나 이쪽이나 다를 게 없다. 둘 다 내 모습이야.'

충실한 하루하루였다.

적어도 현준은 그렇게 생각했다.

착실하게 통장의 잔고도 모여 갔다.

이제 C지구로 이사를 가도 충분히 생활할 수 있는 여력이 생겼다.

무엇 하나 부족한 게 없었다.

가족은 화목했고, 마음의 틈도 착실하게 메워지고 있었다.

모든 게 잘되어 갔다.

모든 게…….

그 사건이 터지기 전까지는.

그날.

동생 경주가 눈물을 흘리며 집으로 뛰어 들어온 날.

유독 심하게 비가 내리는 저녁이었다.

경주는 비에 흠뻑 젖은 채 어깨를 들썩거리며 집에 들어오자마자 이불을 뒤집어썼다.

언제나 밝았던 동생이다. 우울한 얼굴은 보인 적이 없었던 경주였다.

하지만 들어오면서 잠깐 보인 얼굴은 틀림없이 울상이었다.

빗물이라 착각할 수도 있겠지만 눈 밑에 내려온 자국은 분명히 눈물로 인한 것이었다.

최근 무뚝뚝해진 현준이라도 불안하고 걱정이 될 수밖에 없었다.

"왜 그러니?"

현준은 최대한 가까이 가서 경주의 동태를 살폈다.

그러나 경주는 이불 바깥으로 나올 생각이 없는 것 같았다.

"누가 괴롭히기라도 하는 거야? 오빠한테 말해. 단단히 혼을 내줄 테니까."

농담이 아니다.

만약 누군가가 경주를 괴롭힌다면 이자를 백배로 쳐서

갚은 다음 뺨을 한 대 더 때릴 것이었다. 그만큼 대견스럽고 자랑스러운 동생이었다.

눈에 넣어도 아프지 않다는 말이 딱 어울리는 그런 귀여운 동생인 경주가 평소와 전혀 다른 태도를 보이는데 오빠된 입장에서 가만히 두고만 보고 있을 수는 없었다.

"힘이 되어줄게. 응? 그만 울고 우리 동생 얼굴 좀 보자. 아니면 얼굴도 보기 싫은 거니?"

절레절레.

이불 안에서 고개를 젓는 게 느껴진다.

현준은 조금 더 다가가 천천히 경주의 등을 토닥여 줬다.

"무슨 일인지는 몰라도 걱정하지 마. 오빠가 있잖아. 이래 봬도 내가 한주먹 하거든? 나한테 말하지 못하겠으면 어머니나 아버지, 아니면 메시아에게 말해도 좋아."

아기를 달래는 것처럼 느릿하고 부드럽게.

현준의 정신연령은 거의 40에 달했다.

가상세계에서 보낸 13년간 별의별 일을 다 겪어보았고, 그만큼 성숙해질 수 있었다.

얼마 전까진 혼란스러워서 자신을 붙들지 못했지만 지금은 아니다.

모든 걸 받아들이기로 했고, 이곳이 자신이 있어야 할 장소라고 깨달을 수 있었다.

"말 못해……."

그런데 경주의 태도가 이상하다.

어지간한 일이 아니면 눈물을 보이지 않는 아이다. 어떻게든 혼자 처리하려는 성격이긴 했지만 정말 어려운 일이라면 상담을 하는 데 주저함이 없었다.

그런데도 말을 못한다고 한다.

심각한 일임이 분명했다.

현준의 표정이 굳었다.

"가족에게도 말 못할 일이야?"

"부모님한테는 말 못해……."

무슨 뜻인가.

고민해 봤지만 답이 나오지 않았다.

어머니나 아버지라면 무조건 적으로 경주를 도우려 들것이다.

친구랑 투덕거리는 정도의 작은 일은 아닌 것 같았다.

어쩌면 큰일에 연류됐을 수도 있겠다는 생각이 불현듯 들었다.

"오빠한테는? 나도 그래?"

"……."

이번에는 대답하지 않는다.

현준에게는 말할 수도 있다는 뜻이다.

선불리 캐묻지 않았다. 이런 일일수록 되돌아가야 한다.

일단 경주가 안정을 취할 때까지 기다렸다. 10여 분가량이 지나자 경주는 뒤집어쓴 이불 바깥으로 나왔고, 현준은 물을 한 잔 떠다 주었다.

꿀꺽꿀꺽.

물을 마시며 경주는 입술을 연신 깨물었다.

"말하기 싫으면 말하지 않아도 돼. 누구도 너를 추궁하는 사람은 없어. 하지만 들을 수 있다면 오빠는 정말 기쁠 거란다."

경주가 고개를 돌려 현준을 바라봤다.

겨우 진정된 줄 알았더니 금세 눈물이 차오른다.

그리곤 현준의 품에 안겨들었다.

현준은 천천히 경주의 등을 쓰다듬었다.

'내 동생 눈에 눈물 나오게 한 연놈은 아무리 후회를 해도 부족할 거다. 장담하건대 그냥 넘어가지 않을 거야. 나는 그 정도로 사람이 좋지 못하니까.'

예전이라면 일말의 자비는 남겼을지도 모른다.

하지만 현재의 현준은 사람을 죽이는 것조차 아무런 거리낌이 없다.

방해물은 치우고 벽은 부순다.

만약 경주의 눈에 눈물을 흘리게 한 원인이 존재한다면

뿌리까지 제거한다. 아예 자라지 못하도록 삭초제근하는 것이다.

"오빠……."

경주가 젖은 눈을 들어 현준을 바라봤다.

현준은 굳었던 인상을 펴고 부드러운 미소를 지어 보였다.

"그래, 오빠 여기 있다."

"나 무서워."

"걱정 마. 내가 동생 하나 못 지킬까 봐? 세상이 전부 등을 돌려도 오빠만은 네 편이야."

이건 진심이다.

내 가족, 내 소중한 사람을 지키겠다는 마음만큼은 절대적이었다.

그 결심은 대한민국에 돌아온 순간부터 계속 되었고 아직도 변함이 없었다.

"엄마가, 엄마가 이상한 종교에 빠졌어."

"어머니께서 이상한 종교에…… 빠졌다고?"

"믿음하늘교회라고……."

흔히 말하는 사이비 종교를 뜻하는 것 같았다.

현준의 표정이 굳었다.

요즘과 같은 세상에 제대로 된 종교는 거의 없다시피 했다. 목사들은 없는 자를 더욱 갈취하는 게 작금의 현실이었다.

하지만 이건 정말 의외다.

매달 자비를 들여 주변의 굶주린 자들을 돕는 어머니였다.

착하기라면 둘째가라면 서럽고 근면성실한 분께서 종교에 빠져 계셨다니.

설혹 그렇다고 하더라도 메시아는 이를 어째서 몰랐단 말인가?

아니면 알고서도 전해주지 않은 건가?

물론 조잡한 위성 하나만으로는 할 수 있는 일에 한계가 있다.

가족 전부를 은밀히 감시하며 범죄자의 동향마저 살필 수는 없었을 것이다.

그래도 화가 난다.

왜 그 사실을 몰랐느냐고 모든 일을 전가하고 싶었다.

현준이 그런 생각을 이어갈 때, 경주는 막힌 것을 온 힘을 다해 뚫듯이 힘겹게 말을 이었다.

"오늘, 엄마가 끌고 가서…… 예배를 드렸는데……."

"드렸는데?"

"목사님이 성수라면서 이상한 물을 줬어. 엄마는 그걸 먹더니 표정이 이상해져서…… 주변 사람들도 영혼이 빠진 것처럼 그런 표정을 지어서, 나는 안 먹는다고 했어.”

“……”

이상한 물.

그걸 마시고 표정이 이상해졌단다.

범죄자를 잡는 현상금 사냥꾼이 본업이라 그런지 불안한 마음밖에 안 든다.

‘제발. 제발 내가 생각한 게 아니기를.’

현준의 마음이 급해졌다.

자신이 생각한 그게 맞는다면, 이건 예삿일이 아니다.

사이비종교에 빠진 것도 모자라…… 현준은 표정을 굳힐 수밖에 없었다.

“엄마가 꼭 마셔야 한다고, 싫으면 다른 방식으로 축복을 받아야 한다고…… 목사님과 따로 자리를 마련했거든? 그, 그런데…… 그런데…….”

“그만.”

대충 감이 왔다.

뒷말은 더 듣지 않아도 어찌 된 일인지 알겠다.

그 말을 굳이 경주에게 하도록 하고픈 마음은 없었다.

‘이…… 개새끼들이.’

“엄마가 무서웠어. 거기 있는 사람들도 다 무서웠고. 다,

당하진 않았어. 그전에 도망쳤으니까. 그런데 오빠. 우리 어떡하지? 우리 가족 어떡해?"

"어머니께선 아직 거기 계셔?"

"모르겠어. 흑!"

"알았어. 그리고 고마워, 얘기해 줘서. 오빠가 전부 해결할게."

주먹이 부르르 떨린다.

더불어서 그런 상황까지 갔음에도 알아차리지 못한 자신의 한심함에 눈물이 났다.

자리에서 일어나자 경주가 급히 현준의 바짓단을 잡았다.

"오, 오빠? 어디 가려고? 거기, 가면 안 돼. 총 든 사람도 많단 말이야."

"걱정 마. 거기 가려고 일어난 게 아니야. 잠깐 머리 좀 식히고 오려고 그러는 거야."

현준은 경주의 머리를 한 차례 쓸어준 뒤 집을 나섰다.

쿵.

문이 닫히자 이야기를 들으며 억누른 분노가 단번에 퍼져 나왔다.

'하늘믿음교회? 오냐, 너희 전부 하늘로 보내주마. 거기서 실컷 믿음을 전파해 봐라.'

즉시 발을 옮겨 차고로 향했다.

하늘믿음교회가 어디에 붙어 있는 것인지는 모르지만
메시아라면 이름만 들어도 단번에 찾아낼 수 있을 것이다.

제9장

하늘믿음교회

「알고 있었노라.」

메시아는 담담했다.

동시에 현준은 침음을 뱉을 수밖에 없었다.

"알고 있었는데 안 알려줬단 말이야?"

「인간은 어려울수록 남에게 의지하는 경향이 있도다. 남 부럽지 않던 삶을 살던 이가 낭떠러지로 떨어지면 더욱 그러하도다. 사용자의 생모도 마찬가지이도다. 사용자여, 그대는 그대의 어미가 일하는 것을 본 적이 있더냐?」

"가정부로 일을 하시는데 어떻게 확인을 해?"

가정부는 남의 집에서 남의 살림을 대신 해주는 직업이다.

현준이 들어가서 확인을 할 수 있는 종류의 직업이 아니었다.

하지만 메시아의 의견은 달랐다.

「하려면 할 수 있었을 것이도다. 그리고 가정부는 매우 힘이 드는 일 같았도다. 거의 학대받다시피 수많은 업무를 그녀에게 몰더군.」

현준은 입을 닫았다.

메시아의 말이 맞았다.

그간 현준은 바쁘다는 핑계로, 집안을 일으켜 세우겠다는 핑계로 어머니가 무슨 일을 어떤 식으로 하고 어떻게 힘들어 하는지 전혀 관심을 두지 않았다.

그저 매일 밝아 보이는 그녀의 모습에 괜찮겠지, 라며 가볍게 넘어가곤 했다.

「그녀는 한계였도다. 그래서 믿음이 필요했도다. 하늘믿음교회의 교리를 믿음으로서 안정을 찾고자 하였도다. 덕분에 사용자의 어미는 제정신으로 하루하루를 보낼 수 있었던 것이지. 비록 사용자가 돈을 벌어 생활이 안정권에 들었지만 교회는 예전부터 다녔던 것. 정신적인 지주는 그 교회에 있었노라.」

"한계였다니? 그럴 리는…….."

「아니었다고 확신할 수 있는가? 사용자의 생모에 대하여 내가 몇 가지 조사를 해보았도다. 매우 유망한 집안의 둘째 딸이었더군. 하지만 사용자의 친부가 겪은 그 일로 인해 의절당하고 말았도다. 유폐되듯 F지구에 온 이가, 아무리 천성이 밝더라도 제정신을 유지할 수 있을 것이라 보는가? 귀하게 자랐을 것인데, 남의 부림을 받으면서 온갖 어려운 일을 도맡을 수 있을까? 사용자의 친부는 물욕과는 관심이 없는 과학자였기에 괜찮았고, 사용자의 동생은 두 부모를 위해 힘듦을 감춘 것이겠지만, 그녀는 달랐도다.」

"그럼 알려줬으면 되잖아. 내가 그 정도도 해결하지 못할 놈으로 보여? 메시아. 너는 내 서포터가 아니었던가? 내가 신경 쓰지 못하는 부분을, 대신해서 신경 써주는 게 아니었냐고?"

「스스로 선택한 길이도다. 외압은 전혀 없었으며 아직 위험한 수준도 아니었노라. 그리고…….」

메시아가 말을 이었다.

「사용자여. 나는 분명히 사용자의 서포터도다. 사용자를 돕는 게 내 일이니라. 하지만 그것은 어디까지나 사용자를 '성장' 시키기 위함이지, 사용자의 시야를 좁히기 위함이 아니도다. 무엇보다 내가 일찍 이 일을 일러 사용자가 나섰다면, 그녀는 기댈 곳을 잃고 99.8%의 확률로 자살했을 것이도다.」

"그렇다고 가만히 있으라는 거야? 어머니께서 이상한 사이비종교에 빠지고, 동생이 그곳에서 추행을 당할 뻔했는데, 가만히 있으란 말이냐고!"

「상정한 일이도다. 하지만 그녀가 자살한다면 사용자의 동생 또한 정상적인 사고를 유지할 순 없으리라 판단했도다. 그럴 바엔…….」

가정이 파탄나면 사용자 현준에게도 영향이 간다. 성장을 멈춘 채 방황할 것이라 판단한 메시아는 그녀의 파행을 보고도 못 본 척했다.

메시아의 우선순위에 있는 건 어디까지나 현준이다.

현준의 가족도 중요하지만 현준 본인만큼은 아니었다.

그들의 행동이 사용자에게 악영향을 준다면, 메시아는 과감하게 판단하고 행동할 수밖에 없었다. 그것이 서포터인 자신의 역할이라 여긴 탓이다.

"닥쳐. 이런 곳에서 너와 내 의견이 갈리는군. 그래, 너는 기계였지. 합리적인 판단. 인정해. 너는 똑똑하니까. 하지만 너는 수많은 경우의 수를 두고 단지 계산했을 뿐이야. 아직 일어나지도 않은 일을 가지고 왈가왈부하지 마라. 나는 기필코 바꿔 보이겠어. 어머니께서 극단적인 선택을 하도록 놔두지 않아."

맹세였다.

어머니의 상황을 안 이상 더 이상 도망갈 순 없었다.

이제는 직시해야 한다.

가족의 상황과 앞으로의 미래를 똑바로 마주해야 한다.

가상세계를 겪지 않았다면 현준은 여기서 마냥 좌절하고 있었을 것이다.

메시아의 말에 긍정하며 스스로 사고하길 포기했을 테지.

하지만 13년의 시간을 겪고 현준은 성장했다.

그것은 메시아로서도 상정치 못한 것이었다.

「사용자의 의지는 잘 알았도다. 거기까지 생각하고 나를 찾아왔다면 당연히 말을 해야 하는 게 인지상정이도다. 한데…….」

메시아가 잠시 말끝을 흐렸다.

「흥분하지 말고 들어라 사용자여. 사용자의 말을 듣고 나는 하늘믿음교회로 인공위성을 돌렸도다. 그리고 방금 그곳에서 사용자의 친부가 끌려들어가는 게 확인되었도다.」

"아버지가……?"

허!

헛웃음이 나왔다.

오늘은 액일이 분명했다.

나쁜 일은 한 번에 일어난다더니 틀린 말이 아니었다.

현준은 메시아를 똑바로 쳐다봤다.

두 눈은 불길이 이는 듯 활활 타오르고 있었다.

"이가은에게 전화 한 통 넣어줘."

블랙스타의 여동생 이가은.

그녀는 식물인간인 오빠를 대신해 블랙스타로 활동하는 여인이었다.

현준은 이어서 말했다.

"그리고 메시아…… 하늘믿음교회로 통하는 가장 빠른 길을 말해라."

도깨비 탈을 쓰고 달리는 내내 현준은 생각했다.

어머니의 손.

말랑하고 보드랍던 그 손에 물집이 잡히고 굳은살이 박혀 있는 걸 기억했다.

A지구에 있었을 당시, 어머니께선 궂은일을 해본 적이 없었다.

주변에서 치켜세우며 모든 일을 다른 이에게 맡겨도 될 정도로 부유했던 생활.

믿을 게 필요했다는 메시아의 말은, 어쩌면 맞을지도 모른다.

어머니에게 신앙을 앗아가는 순간 돌이킬 수 없는 일이 벌어질 수도 있었다.

하지만 이대로 놔둘 수도 없는 노릇이다.

하늘믿음교회는 전혀 믿음이 가지 않는 곳이었다.

믿음을 빌미로 불법적인 일을 수없이 일으키고 있었다.

당장 현준이 들은 것만 해도 두 가지다.

마약과 성추행.

결코 용납하지 못할 문제다.

하물며 안에 내재 된 문제는 몇 개나 될지.

폭약고 같은 곳이다.

하루빨리 어머니를 거기서 빼내야 한다.

'치료부터 시켜야 해. 마약중독은 의존성이 강해서 단시간에 치료할 수 있는 게 아니니까.'

성수라며 마셨다는 물은 틀림없이 중독성이 강한 마약이다.

그걸로 사람들을 끌어모으는 게 분명했다.

하지만 이상한 점도 있었다. 중독성이 강한 마약이라면 그 폐해가 보일 수밖에 없다. 그런데 어머니에게서 이상한 점을 찾을 수 없었다.

언제나 한결같았다.

부드럽게 미소 지으실 줄 알았으며 사람에겐 한없이 자비로워지는 사람이다.

'확인해 봐야겠지.'

하여간 좋지 않은 마약의 종류임에는 분명하다. 이를 가만히 방치할 현준이 아니다.

아주 뿌리까지 뽑아버리겠단 생각은 아직도 유효했다.

하늘믿음교회는 D구역에 있었다.

그 규모가 상당하다 하는데 현준은 들어본 적 없는 이름이다.

그 정도로 신도가 많다면 어떻게든 소문이 날 법한데도 생소했다.

'아는 사람만 아는 곳'인 경우엔, 그처럼 클 수가 없다.

거기다가 총을 든 사람도 많다고 했다.

교회는 참회하고 신을 기리는 장소다. 총은 불필요한 물건이었다.

수상쩍기 그지없다.

단순한 교회는 아닌 게 틀림없었다.

디지털상으로 남은 게 없고, 아날로그적인 운영을 하기에 메시아도 그 정확한 실체는 알지 못했다.

하얀 곳이 아닌 검은 곳이라는 답변만은 들을 수 있었다.

30분가량을 내달려 D구역에 도착한 현준은 사각을 찾아이동했다.

대중교통을 이용하지 않은 건 일말의 단서도 주지 않기 위함이다.

사람의 눈에 띄어 좋을 건 없었다. 지금 현준이 하려는 행동은 경우에 따라 엄청난 재앙으로 들이닥칠 수 있는 탓이다.

곧 너른 평야지대가 나왔다.

'아버지도 끌려갔다 하셨지. 아버지는 알고 있었거나 감을 잡고 있었다는 뜻이다.'

아니라면 아버지가 가게를 내팽개치고 난데없이 이런 곳에 올 이유가 없었다.

어머니가 이상하단 낌새를 눈치채고 직접 찾아온 것이었다.

'하늘믿음교회. 내 역린을 죄다 건드렸다, 이거지.'

한 명만 건드려도 가만히 놔두지 않을 텐데, 세 명 모두에게 피해를 줬다. 사생결단을 내지 않으면 풀리지 않을 일이었다.

현준은 이를 갈며 더욱 속도를 높였다.

"통과하십시오."

"좋은 믿음 받으시길 바랍니다."

궁전인가?

교회를 본 현준의 첫 인상이었다.

현준은 교회의 위용에 놀라고 말았다.

동네교회를 생각하면 오산이다.

평야 한 중간에 존재하는 건물은 족히 20층은 되어 보였다.

건물의 디자인도 세련되어 보는 이가 자연스럽게 압도되도록 만든다.

그리고 교회의 입구에서 흰색 천 옷을 입은 남자들이 들어오는 사람들을 검사하는 중이었다.

현준은 그들에게서 미약한 화약과 기름 냄새를 맡았다.

'인증된 사람만 들어갈 수 있다, 이건가?'

섣불리 들어갔다간 벌집이 되어버릴 것 같았다.

하지만 현준은 지금 도깨비 탈을 쓰고 있었다.

처음부터 검사 따윌 받을 생각은 없었다.

입구의 남자들은 도깨비 탈을 쓴 이가 천천히 다가오자 제지하고 나섰다. 도깨비 탈을 쓴 현준을 둘러싸며 강하게 압박했다.

"정지! 멈추십시오."

"누구십니까? 탈을 벗으십시오."

그러나 현준의 움직임은 멈추지 않았다.

화르륵!

전신이 타오르고, 마음도 불같아졌다.

가상세계에선 쓸 수 없었던 현준 본인만의 힘!

모든 것을 태워 버리는 화마(火魔)가 주변을 휩쓸었다.

"쏴, 쏴라!"

그들이 옷 속에 숨겨둔 총을 꺼냈다.

가소로울 따름이다.

현준은 그들의 행위를 비웃고 기만하며 과감하게 손을 놀렸다.

푹!

앞을 막아선 사내 한 명이 스르르 스러진다. 명치가 꿰뚫려 즉사한 것이다.

가상의 세계에서 현준은 힘을 사용하는 법을 제대로 깨우쳤다.

마왕과 싸우며 숱하게 많은 생명을 으스러뜨리고 짓밟았다.

다시 돌아왔을 때, 현준은 이 화마의 힘을 전보다 훨씬 능숙하게 다룰 수 있었다.

세포 하나하나까지 힘에 반응하도록 조밀하게 조율한 뒤 신체를 변화시켰다.

몸 안의 찌꺼기가 배출되고 신체가 변화하는 과정. 과거

한 차례 겪은 일이다.

그때는 단순히 땀을 많이 흘렸다고 생각했는데, 지금 와서 보니 능력에 걸맞게 신체가 변화한 것이었다.

현준은 그 과정을 무려 8번이나 더 겪었다.

예전에는 우연치 않게 발생했지만 이번에는 의도한 결과였다.

이제 이 화마의 힘은 예전과 비교할 수 없을 만큼 강대해졌다.

진정한 불의 주인으로 각성한 것이다.

화륵!

"끄아악!"

"부, 불이!"

화염은 주변의 모든 걸 먹어치웠다.

물론 화염이 노리는 건 온전히 현준을 막아선 상대뿐이다.

건물에 옮겨서 안에 든 선량한 사람들에게마저 피해를 주려는 것은 아니었다.

설혹 옮긴다고 하더라도, 현준은 그 불을 흡수할 수 있었다.

투타타탁!

현준이 있는 방향으로 총알이 날아들었지만, 이미 현준

은 그들의 뒤에 서서 목숨 줄을 끊어버리고 있었다.

총구가 향한 장소만 확인하면 피하는 건 쉬운 일이다.

도합 9번이나 신체가 변화하며 강화된 신체는 인간의 인지마저 벗어날 수준이었다.

수욱!

현준에겐 무기가 따로 없었다.

순간적으로 5,000℃의 열을 발생시키면 인간의 신체를 녹이는 것쯤은 간단한 일이다.

꿰뚫리자마자 상처가 익으며 피조차 흩뿌리지 못한다.

주변에 있는 여덟 명을 처리하는 데 든 시간은 고작 수 초.

현준은 살짝 흐트러진 탈을 고정시킨 채 건물 안으로 들어섰다.

곧 위이이이—! 소리가 건물 내부에 울려 퍼졌다.

피난 경고다.

하지만 현준의 발걸음은 멈추지 않았다.

애당초 자신이 쳐들어와서 생긴 경고음이기에 신경 쓸 필요가 없었다.

이어 사방에서 무장한 이들이 나타났다.

입구를 막아선 사내들과 다르게 온몸에 군용 규격의 무구를 장착한 진짜배기들이었다.

'돈이 썩어나게 많나 보군!'

어이가 없었다.

여기는 군사시설이라도 된다는 말인가?

아니라면 밀매를 했다는 소리였다.

이만한 사병이 D구역이라곤 하나 수도 한복판에서 완전무장을 하고 있는데, 당국은 무엇을 하고 있는 건지 의아할 수밖에 없었다.

지금 당장 보이는 이들의 무장 수준으로만 보아도 천문학적인 금액이 들어갔다는 건 알 것 같았다.

확실히 예전의 현준이라면 이런 곳을 일거에 쓸어버리는 일이 힘겨웠을 수도 있겠다.

아무리 그래도 현대식 무기에 제대로 직격당하면 다칠 수밖에 없기 때문이다.

그러나 지금의 현준은 달랐다.

이곳을 모두 쓸어버릴 힘이 있다.

예전과 달리 몸을 추스르며 힘을 억제하려고 하지도 않았다.

적당한 힘은 독이 될 수 있지만 상상조차 아득히 뛰어넘는 그런 압도적인 힘은 상대의 의지를 꺾어버린다.

"살아 돌……."

푹!

살아 돌아갈 생각 하지 마라라는 말을 하고 싶었겠지만 고작 세 음절 내뱉은 남자의 목이 아래로 꺾였다.

현준의 표정엔 일말의 변화도 없었다.

불법적인 일에 가담한 악인들이다. 사정을 봐줄 필요가 없었다.

봐준다면 2차적인 피해만 늘어날 뿐이다.

차라리 이곳에서 단죄해 주는 게 세상을 위해서 이로울 것이다.

사람을 쏘는 데 전혀 거리낌이 없는 걸 보면 상당한 훈련도 받은 것 같았다.

특공대와 같이 일사분란한 움직임이다.

'그곳에서의 13년은 내게 꼭 필요한 과정이었단 말인가?'

갑작스럽게 든 생각이었다.

가상세계에서의 13년을 겪지 못했다면 현준은 오늘의 위험을 쉽사리 해결하지 못했을 가능성이 높았다.

몇 번이나 허물을 벗고 강해진 지금에야 수월하다는 느낌이 들 정도이니 말이다.

피식 웃은 현준은 몸을 웅크리고 단번에 쏘아져 나갔다.

폼은 미식축구의 선수들과 비슷하지만 파괴력은 차원이 달랐다.

"뭐, 뭐야?"

"개조자! 개조자다!"

정예훈련을 받은 그들도 현준의 움직임은 당황스러울 수밖에 없었다.

그들이 평생을 살아오며 재단해 온 인간의 '한계'를 아득히 초월하는 존재가 나타났다.

개조자라고 생각해 봤지만 역시나 이해하기 쉽지 않은 일이다.

콰득!

일 수에 하나.

생명 하나가 꺼지는 데 필요한 시간은 찰나에 불과했다.

"이 새끼가……!"

바로 옆에서 동료가 죽자 기겁한 남자가 한 발자국 물러서며 총을 난사했다.

그러나 그들은 다수였고 현준은 혼자였다. 초근접전에서 총과 같은 무기가 있을 땐 소수인 쪽이 유리한 고지를 점할 가능성이 높다.

하물며 현준은 보통의 인간이 아니었다. 그들은 동료를 신경 써야 하는 그때 현준은 물 만난 물고기처럼 그들의 사이를 헤집고 다녔다.

최신의 장비가 현준의 앞에선 너무나 무력했다.

어지간한 총알도 막는 방탄조끼도 현준의 손에 녹아버리기 일쑤였다.

동료가 한 명씩 쓰러질 때마다 그들의 머릿속을 스쳐지나가는 생각.

대체……

'뭐 하는 놈이란 말인가?'

느닷없이 침입한 도깨비 탈이다.

그리고 무슨 이유에서인지 학살을 시작했다. 그들로서는 억울할 수도 있는 일이지만 현준은 자신을 건드린 이들의 대가를 톡톡히 받아내는 중이었다.

1차로 막으러 온 이들을 전부 정리한 현준은 가볍게 이마를 쓸었다.

"슬슬 대피가 시작됐겠군."

이 거대한 구조물의 입구는 하나가 아니다.

정문 쪽에서 이처럼 소란법석을 떨어댔으니 슬슬 나머지 문들을 통해 일반인의 대피가 시작되었을 것이다.

'이가은이 잘해주길 바라야지.'

이곳으로 오기 전에 이가은을 호출했다.

소란을 피우면 시민들을 대피시켜 달라고 언질을 해놓았다.

애당초 이가은은 친오빠를 대신하여 블랙스타의 이름과

모습이 시민들의 뇌리에 잊히지 않도록 꾸준히 활동을 하고 있었다.

자신이 악역을 자처하면 그녀로서도 손해는 아니기에 기꺼이 나서준 것이다.

게다가 성공 보수도 나름 후하게 준비했다.

어차피 이런 곳을 털면 먼지가 엄청나게 날 수밖에 없는데, 성공 보수는 개미눈물처럼 느껴질 정도로 감춰 논 돈이 많을 터였다.

하여 보수를 아낌없이 책정했다.

일거양득의 일에 이가은이 나서지 않을 리 만무하다. 대신 모든 시민의 확실한 대피를 부탁해 놓았다.

"메시아. 중요인물들이 빠져나가는 낌새는 없지?"

현준이 자신의 목에 건 목걸이를 향해 말하자 곧 메시아의 대답이 들려왔다.

─그렇도다. 일반시민들이 뒷문을 통해 빠져나가고는 있으나 중요인물들은 여전히 건물 내에 있도다.

"외부로 나가는 모든 신호는 잘 차단하는 중이고?"

─나, 메시아도다. 이 정도의 일은 나에게 매우 간단한 일이도다. 외부로 흘러나가는 모든 데이터를 차단하고 있도다.

"좋아. 이제 서서히 목줄을 죄여야겠군."

―무리하지 말지어다. 아무리 강자라도 방심하면 당하는 법이로다.

현준은 피식 웃고 말았다.

"웬일로 네가 내 걱정을 하네? 살다 볼 일이군."

―사용자는 분명히 강하지만, 그것도 한계가 있도다. 최첨단의 무장과 실력자들이 나서면 큰일을 당할 수도 있도다.

"13년 전의 나라면 그랬겠지……."

완벽하게 불의 힘을 제어할 수 없었던 당시의 자신으로선 최첨단 장비로 무장한 병사들을 상대하는 데 애로사항이 많았을 것이다.

지금처럼 잔인하게 행동하지도 못했겠지.

―13년?

메시아가 의아해하자 현준은 고개를 저었다.

"아니, 아무것도 아니야. 그보다 슬슬 2차전이 시작되겠군."

근처에서 느껴지는 다수의 인기척.

현준의 입가가 호선을 그렸다.

2차전이 시작되었다.

난동을 피운 지 30분.

교회 안은 막는 자와 뚫는 자만 남게 되었다.

막는 자는 뒤가 켕기는 교회의 무리였고, 뚫는 자는 당연히 현준이었다.

현준은 위로 올라가기보다는 지하를 뚫는 중이었다.

지하에 아버지가 있을 가능성이 높다는 메시아의 전언을 들었기 때문이다.

─모든 신도가 건물을 빠져나왔도다. 거기엔 사용자의 생모도 포함되어 있도다. 하지만 건물 안에 사용자의 친부가 있는 것 같지도 않도다. 아무래도 그곳 지하 모종의 장소에 있지 않을는지 추측하노라. 가능성은 95%도다.

"아버지는 지하에 계신다는 거지……."

어머니가 무사함을 확인했으니 남은 것은 아버지뿐이었다.

일단 둘을 구한 뒤 교회를 완전하게 파멸로 밀어 넣을 작정이었다.

교회는 넓었다.

지하까지 시원하게 뚫려 있어서 전체면적이 얼마나 될지 감도 잡히지 않았다.

흡사 개미굴을 연상시키는 지하의 넓이에 현준은 혀를 내둘렀다.

'여왕개미라도 사는 거냐?'

인간크기의 개미가 존재한다면 이런 땅굴을 파놓을 수도 있을 것 같았다.

지하로 통하는 길은 철저한 보안 아래 막혀 있었지만, 현준은 철문조차 녹여 버리며 안에 발을 들였다.

보안 신호는 메시아가 막았다.

작전을 수행하는 데 있어서 둘은 완벽한 콤비플레이어였다.

"누구냐?"

"누가 온다는 연락은 못 받았는데……."

앞을 막아선 건 다섯 명가량의 사병이었다.

그들 역시 위에서 만난 놈들과 마찬가지로 완전무장한 상태였다.

현준은 피식 웃었다.

메시아가 연락을 허락하지 않는 이상, 이 건물 안에서 통신을 하는 것은 불가능한 일이다.

메시아에 준하는 존재가 있지 않는 한 말이다.

퍽!

남자의 머리통을 붙잡고 벽에 냅다 박았다.

머리 안에서 피가 터진 남자는 비명조차 내지르지 못하고 눈을 감았다.

"이 새끼 뭐야!"

"젠장! 평수야!"

지잉—!

붉은색의 레이저가 총구에서 뿜어져 나왔다.

이번에는 레이저 건이다.

이건 웬만한 군부대에도 지급되지 않은 무기다.

'어지간히 뒤가 구린 놈들이야.'

군부대의 정예보다 좋은 무기라니. 이젠 헛웃음도 안 나올 지경이다.

위쪽에서 만난 놈들은 일반적인 총을 소지했지만 여기서부터는 전혀 다른 것 같았다.

그만큼 지하가 중요한 장소이기도 하다는 뜻이리라.

순식간에 넷을 정리한 현준이 마지막으로 남은 이를 쳐다봤다.

워낙 창졸지간에 일어난 일인지라 남자는 벙찐 표정을 지었다.

이내 품속에서 소형의 무전기를 꺼내 버튼을 눌렀지만, 아무런 반응도 없었다.

"씨바! 이건 또 왜 먹통이야!!"

"그것참 아쉽군."

"오, 오지 마, 개새끼야!"

지이잉!

레이저가 허공을 관통한다.

석벽에 구멍이 뚫리며 위용을 과시했지만 정작 맞추고픈 이는 맞추지 못한 상태.

현준의 손이 그의 가슴팍을 헤집었다.

"이 괴물 새…… 끼."

마지막 한마디를 남긴 남자가 바닥에 스러졌다.

'괴물이라.'

현준의 입가가 호선을 그렸다.

세상에는 괴물이 많다. 현준도 그중 하나일 따름이다.

땅굴 안에는 방이 많았다.

어떤 방에는 금은보화가, 또 어떤 방에는 채권서류들이…….

'진짜 어지간히 해 먹었어.'

특히 서류들은 대충 훑어봐도 견적이 나왔다.

대부업, 도박, 매춘업 등등.

돈 되고 구린 일은 손대지 않은 게 없었다.

'교회는 개뿔.'

한마디로 교회는 연막이었다.

자신들의 악행을 감추기 위한 장소로서 교회를 선택했을 뿐이다.

참으로 간교한 자들이다.

이 정도로 해먹었으면 뒤통수가 당겨서 그만둘 법도 한

데, 불법적인 자금들이 끝도 없이 나왔다.

이제 조금 이해가 되었다.

정치권에도 어마어마한 뇌물을 뿌렸을 것이다.

'그러지 않고선 이런 규모가 되도록 놔둘 리 없지. 눈 가리고 아웅. 딱 그거야.'

입안이 쓰다.

하기야 불법을 대놓고 저질러도 처벌받기 힘든 세상이다.

그런데 나쁜 놈들은 교묘하게 그것을 속이기까지 한다.

이건 걸릴 수가 없다.

'나쁜 놈만 잘사는 세상이지.'

착하면 호구 취급받으며 죽을 때까지 빨린다.

힘이 없는 선은 선이 되지 못했다.

반대로 악은 그 자체만으로도 힘이 됐다.

불공평하지 않은가.

그래서 도깨비 탈과 같은 인물이 필요한 것이다.

제 얼굴에 금칠하는 게 아니라 현준은 자신과 같은 이들이 더욱 많아지길 진심으로 기원하고 있었다.

그러면 적어도, 겉으로 행해지는 악은 막을 수 있을 테니까.

'이건 장부인가?'

서류의 산.

그 중심부에 있는 작은 창고의 문짝을 뜯자 장부가 나왔다.

'진짜잖아. 정치계의 거물들…… 허! 미친. 어마어마하게 받아먹었군.'

뇌물을 뿌렸으리라 생각한 게 1분여 전이다. 그런데 바로 빼도 박도 못할 증거를 찾았다.

거기엔 상상도 못할 거물들의 이름이 거론되어 있었다.

이곳은 정계와 군대 모두에 뿌리깊이 박혀 있었다.

'이걸 공개해 봤자 피라미 몇 명만 처리할 수 있을 뿐이겠지.'

공개한다고 이 정도 거물들이 휘청할 리가 없다.

도마뱀 꼬리 자르듯 피라미 몇 처리하고는 조용히 묻힐 것이다.

현준은 장부의 한 중에서 익숙한 이름을 발견할 수 있었다.

'부통령…….'

문득 A지구에 있었을 당시가 떠올랐다.

부통령에게 선물한 시계가 폭발했다는 이유로 아버지는 좌천됐다.

모든 재산과 특허를 몰수당한 채 F지구로 떨어져 근근이 먹고살고 있었다.

물론 의문이 든다.

메시아에게 부탁하여 관련된 일을 찾도록 부탁도 해봤

다. 하지만 심증은 있어도 물증이 없었다.

'생각지도 못한 곳에서 발견했군.'

겉으로의 부통령은 공명정대, 깨끗하기로 이름이 높았다.

시민들 사이에서의 인기도 압도적이었다.

그랬기에 별다른 검사도 없이 아버지의 좌천이 결정되어 버렸다.

그런데 역시나.

깨끗한 사람은 아닌 모양이다.

'이곳의 뒤를 봐주는 자가 부통령인 건가?'

정계, 상계, 군부대 거물들이 적혀 있지만 부통령만큼의 힘은 없었다.

장부에 적힌 인명부 중 가장 막강한 권력을 행사하는 이는 부통령이었다.

'일단 아버지를 구하자.'

장부를 품 안에 넣고 현준은 빠르게 움직였다.

더 시간을 지체할 순 없었다.

아버지를 구한 뒤 이곳을 박살 낸 다음 장부를 조사해도 늦지 않을 것이다.

가장 뒤가 구릴 것 같은 놈 한 명만 산 채로 잡아다가 요리를 해도 좋을 터였다.

방을 빠져나가 조금 더 걷자 곧 짙은 혈향이 맡아졌다.

현준의 표정이 자연스럽게 굳었다.

'왜 지하에서 피 냄새가?'

누군가가 격돌한 흔적은 없었다. 현준 본인도 움직이지 않았으니, 그전부터 사람의 피 냄새가 만연한 장소였다는 뜻인데…….

현준은 이윽고 피 냄새의 원인을 알 수 있었다.

"미친놈들."

대뜸 욕부터 나왔다.

이곳은 감옥이었다.

곳곳에 이지를 상실한 사람들이 빛 없는 눈빛으로 허공만 주시하고 있었다.

피골이 상접한 채 누군가가 왔음에도 반응조차 하지 않는다.

영혼이 빠져나간 것만 같았다.

하지만 이는 약과다.

그 가운데 특수한 의자들이 길게 나열해 있었다. 의자에 앉은 사람의 피를 뽑아 파이프에 연결된 장소로 보내는 물건이었다.

사람의 피를 억지로 뽑아 그것을 다른 용도로서 사용하고 있었다.

무슨 용도인지 모르고 알고 싶지도 않지만 인의를 저버린 행위임에는 분명했다.

"마족 같은 새끼들. 인체실험실을 보는 더러운 기분이야."

피만 뽑지는 않을 것이다. 용도가 다하면 더한 짓도 저지를 녀석들이었다.

오는 족족 병사들을 다 죽여 버린 게 정말 다행이었다.

놈들 또한 이러한 행위를 알고 있었을 것이고, 그 뜻은 공범이라는 것이었다.

하늘을 대신해 신벌을 내렸다. 그리 생각이 될 정도였다.

끼이익!

구석에 닫혀 있던 철문이 열렸다.

문이 열리며 나타난 이들은 일곱 명.

그들은 의사처럼 흰색 가운을 입고 청색의 장갑을 낀 채였다.

장갑에는 피가 덕지덕지 묻어 있었다.

"신장이 하나밖에 없는 놈이잖아. 이미 팔아버린 거 같던데, 어떤 놈이 저런 불량품을 내 수술대에 올려놨지?"

"죄송합니다. 수술 자국이 없었는지라."

"쯧! 신경 써. 다음에도 이러면 수술대엔 네놈이 올라가게 될 거야."

"넵!"

그들은 문을 열고 나와 현준을 발견한 뒤 고개를 갸웃했다.

"저놈은 또 뭐야? 누구 온다고 연락받은 사람 있나?"

"아무런 연락도 없었습니다."

"우연찮게 들어온 건 아닐 테고, 저 희한한 탈은 참 거지같이 생겼군. 이봐, 가서 꺼지라고 전해. 보아하니 위에서 보낸 신입 같은데 길 잘못 들었다고."

"제, 제가 가겠습니다."

혼이 난 남자가 급히 달려왔다.

옷과 마스크에 묻은 피가 적나라하게 보였다.

"누구십니까? 여기는 함부로 들어오면 안 되는 장소입니다. 아무래도 길을 잘못 드신 거 같은데……."

"여긴 뭐하는 장소지?"

상대에게서 들려오는 반말에 남자가 살짝 인상을 찌푸렸다.

"그건 알 필요 없습니다. 어서……?"

남자는 말을 끝맺지 못했다.

점점 시야가 낮아졌기 때문이다.

허공에 붕 날아가는 느낌?

그리고 그 느낌은 현실이었다.

자신의 목이 날아간 것조차 인지하지 못하고 의아함에

눈을 깜빡거리다가 남자는 의식을 잃었다.

그게 그가 보는 세상의 끝이었다.

현준은 이글거리는 눈빛으로 남은 이들에게 다가갔다.

"여기는 뭐 하는 장소지?"

"뭐, 뭐하는 놈이냐! 이런 짓을 저지르고 네놈이 무사할 것 같으냐!"

"그 허접한 병사들 말인가? 놈들을 믿는 거라면 관두는 게 좋아. 내가 여기 있다는 걸 알아차리고 이곳까지 도착하는데 못해도 10분은 걸릴 테니까. 그 안에 네놈은 죽겠지. 저 밑에 머리가 떨어진 녀석과, 네 옆에 있는 녀석들처럼 말이야."

촤학!

말이 끝나기 무섭게 현준의 손이 빠르게 움직였다.

말을 나눈 남자 의사의 바로 옆에 서 있던 이의 머리가 다시 허공을 날랐다.

"흐억……!"

"사, 살려……."

나머지 이들이 급히 도망가기 시작했지만 한 발자국을 떼기도 전에 모두 죽음을 맞이했다. 허무하기 그지없는 결말이었다.

홀로 남은 의사남자가 놀라 엉덩방아를 찧었다.

그는 고개를 돌려 머리가 날아간 시체들을 바라보다가
몸을 부르르 떨었다.

이놈은 뭐지?

전신개조자도 이 정도의 몸놀림을 보일 순 없다.

뇌를 제외한 전신을 기계 몸으로 때워도 한계가 있었다.

몇 개체 없다는 S급의 개조자라면 이야기가 다르겠지만,
그런 놈들이 D지구에 찾아올 리는 없었다.

그러나 완전한 S급의 전신개조자가 아니라면 혼자서 이
곳까지 뚫고 들어오기는 거의 불가능한 일이었다.

대체…….

"이제 하나 남았군. 네가 믿는 병사들이 오려면 9분 이상
남았고 말이야."

"사, 살려 주십시오!"

남자 의사가 번뜩 정신을 차리고 급히 이마를 땅에 붙였다.

현준은 그런 남자의 머리채를 강제로 들어 올려 눈을 맞
췄다.

"여기는 뭐 하는 장소지?"

제10장

약물을 태우다

남자 의사의 이야기를 전해 듣던 현준은 분노를 이기지 이길 수가 없었다.

오죽하면 이야기 도중인 남자의 목을 꺾어버렸을까!

'인간만도 못한 새끼들. 마족보다 더한 새끼들.'

가상세계에서 현준은 수많은 마족을 토벌했다.

마왕 휘하의 대장군들의 멱도 직접 땄다. 끝내는 마왕마저 죽였지만 그들이 일으킨 행위에 진절머리를 칠 수밖에 없었다.

놈들은 흥미본위로 인체실험을 했다. 인간과 다른 이종

족을 섞으면 어떤 결과가 나올지 궁금하다며 숱하게 많은 키메라를 만들었다.

그 키메라의 얼굴 중에는 전 동료도 있었다. 이지를 상실하여 피만 갈구하던 전 동료의 얼굴을 현준은 무참하게 베어냈다.

한데 인간도 다를 게 없었다.

신장과 피 중 절반은 불법으로 매매하며, 나머지 절반은 개조자를 만드는 데 쓰고 있단다.

전신개조자의 적합률은 매우 떨어지고 그에 맞는 장기를 찾으려면 수많은 신체가 필요하다면서.

빚 때문에 팔려온 이도 있었고, 납치된 이도 있었다.

비밀경매장 같은 곳에서 돈을 주고 구해오기도 했다고 한다.

만약 김용후가 비밀경매장에서 팔렸다면 이곳에 올 수도 있었다는 생각에 정신이 아찔해졌다.

더욱 놀란 건 이 대부분이 군부대로 흘러가고 있다는 것이다.

그 수량은 80%대에 육박하며 전신개조자 부대를 따로 만들고 있다는 이야기가 남자 의사의 입에서 흘러나왔다.

기가 찰 노릇이다.

지금의 대한민국은 군대의 힘이 막강했다.

말보다는 힘으로 해결하는 그들의 처세를 싫어하는 이가 많았으나 진짜 힘 앞에선 어쩔 수가 없었다.

대한민국에 범죄자가 많아진 것도 그들이 한몫하고 있다 하니, 진정한 부정부패의 원인이 군대에 있는 것 아니냐는 이야기도 많았다.

한데…….

'전신개조자 부대라.'

완전한 전신개조자와는 붙어본 적이 없었다.

그럴 수밖에 없다.

기술이 부족했으니까.

그런데 최근 전신개조자가 몇 완성되었다고 한다.

의아한 일이었다. 기술력이 안 된다는 건 현준도 알고 있을 정도다.

갑자기 완성될 수 있을 리가 없다.

뭔가 기술을 획기적으로 앞당길 수 있는 걸 발견하지 않는 이상.

의사남자의 그 말을 듣고 현준은 불현듯, 아버지가 본래 '자동기계 기술자'였다는 걸 떠올렸다.

국내에서 따라올 이가 없을 만큼 출중한 실력으로, 자부심 또한 막강했다.

'확실히. 앞뒤가 안 맞았지.'

현준은 아버지의 모습을 떠올렸다.

F구역으로 이주한 아버지의 태도는 모든 걸 받아들인 모습이었다.

자신의 기술을 함부로 사용하지도 않았다. 지금도 적당한 가게에서 적당한 물건만 만들고 있었다.

예전 아버지를 생각하면 상상조차 할 수 없는 일이다. 진정한 사이언티스트.

상황이 좋지 않다 하여 지적 탐구심을 포기할 만한 이던가?

하지만 그게 아니라면?

포기할 수밖에 없었던 이유가 있었다면 어떨까.

그저 목숨을 붙인 것을 다행스럽게 여겨야 하는 일이 벌어졌다면……

'아버지가 뭔가를 숨기고 있다.'

현준은 자신의 이마를 쳤다.

말로는 가족을 위한다 했으나 정작 아는 건 하나도 없다.

이번 어머니의 일도 마찬가지. 아버지도 다르지 않다.

현준은 주먹을 꽉 쥐었다.

조금만 생각하면 이상함을 눈치챌 수 있을 터였는데, 이 멍청한 놈은 그것도 그냥 흐지부지 넘어갔다.

범죄자를 때려잡아 악인들의 씨를 말리겠다는 이상한 이

상에 사로잡혀 몸 가는 대로 행동했다.

바보천치가 따로 없다.

'그럼 아버지는?'

현준은 주변을 두리번거렸다.

아버지의 모습은 어디에도 보이지 않았다. 외부로 빠져 나가지 않았다더니, 대관절 어디에 계신단 말인가?

의사는 모른다고 했다.

하루에도 열 명 이상은 들어와서 그다지 신경을 쓰지 않았다며.

맨 처음 죽인 남자가 새롭게 들어오는 사람들을 체크한 다고 하는데, 가장 먼저 죽였으니 이는 분명한 현준의 실수였다.

현준은 옥 안을 바라봤다.

감옥 안에 있는 사람의 숫자는 대략 50.

'이 중에 정신을 차린 사람이 있을지도 모른다.'

대부분이 약물 때문인지 아무런 반응도 하고 있지 않았다.

감옥의 문을 열어준다고 하더라도 자의로 나오려고 하지는 않을 것이다.

"대화가 가능한 분, 계십니까?"

조용하다.

현준은 끈기 있게 한 번 더 말해보았다.

"대화 가능하신 분, 안 계십니까?"

"여…… 여기 있소."

그때 쓰러진 이들 중 한 명이 파리한 손을 들어 보였다.

뼈가 보일 정도로 앙상한 노인이었다.

몸의 털이란 털은 전부 빠진 노인이 몇 남지 않은 기력을 사용해 손을 들어 보인 것이다.

현준은 즉시 가까이로 다가갔다.

"혹시 이렇게 생긴 남자가 이곳에 오지 않았습니까?"

최대한 아버지의 외양을 묘사하며 설명하자 그를 잠자코 듣던 노인이 고개를 끄덕였다.

"와, 왔었소. 하지만 금세 다른 남자가 데려갔소."

"데려갔다는 말씀입니까?"

"부, 분명하오. 회색 코트를 입은 남자가 데려갔소. 꽤 정중하게 대하기에…… 생각이 나오. 무슨 과학자라고 하던데……."

노인이 말이 끝나기 무섭게 메시아에게서 신호가 왔다.

─……찾았도다. 동쪽으로 3㎞ 방향에 또 다른 입구가 있었도다. 지금 차를 타고 이동 중이도다.

"땅굴 입구가 하나가 아니었단 말이야?"

─아주 교묘하게 감춰놓았도다.

"젠장."

아버지가 납치당했다.

찾으러 왔지만 한발 늦었다.

머릿속이 복잡해졌다.

정중히 대하며 데려갔다는 회색 코트의 남자와 과학자라는 단어가 계속해서 걸렸다.

"부, 부탁이오. 내 아들에게 내 죽음을…… 알려주시오. 그리고 사실은 너를 친아들처럼 사랑했노라고……."

"누구를 찾아가 전해드리면 됩니까?"

"C지구의 김동일…… 회관 꽃집의 주인이오. 이, 이것을 주면 알아차릴 것이오."

노인은 손을 벌벌 떨며 품에서 반지 한 짝을 꺼냈다. 오래되고 흔한 은반지였지만 얼마나 소중하게 간직했는지 아직도 광택이 살아 있었다.

현준은 얌전히 반지를 받았다.

마음 같아선 데려가고 싶지만 노인의 상태가 너무 심각하다.

가는 도중에 숨을 헐떡이며 객사해도 이상하지 않았다. 여태껏 반지를 전해주겠다는 일념 하나로 겨우겨우 버텨온 게 분명했다.

노인도 그 사실을 알고 있어서인지 자신을 데려가 달라

는 말은 하지 않았다.

"전해드리겠습니다."

"부, 부탁……."

노인이 얇게 미소 지으며 고개를 숙였다. 손이 스르르 내려가고 전신에서 힘이 빠졌다.

그대로 임종을 맞이한 것이다.

이 반지 하나를 전하기 위해 모든 힘을 소진한 것이었다.

'이런 노인까지 데려와서 천인공노한 짓을 저질렀단 말이지. 망할 자식들…….'

현준은 이를 갈며 몸을 돌렸다.

마침 위에서 찾아온 병사들이 들이닥치고 있었다.

"B-3포인트에서 도깨비 탈을 발견했다!"

"그냥 쏴 갈겨!"

"빠져나가지 못하도록 입구를 막아!"

아주 작정을 하고 찾아온 것 같았다.

이곳까지 오며 동료들의 시체를 봐서인지 악에 받쳐 있었다.

하지만 그것은 현준도 마찬가지였다.

'다 쓸어버려 주마.'

의기양양. 자신만만.

좋다.

숫자도 많고 장비도 훌륭하니 도깨비 탈 한 명 잡는 것쯤은 일도 아니라고 여기고 있을 수도 있었다.

하나 놈들은 모르는 게 있었다.

자신들이 지옥행의 급행열차에 탔다는 사실을!

한번 출발한 열차는 멈추지 않는다.

벼랑 끝에 모든 것을 토해내지 않는 이상.

무장한 놈들 중, 오늘 이곳을 빠져나가는 놈은 없을 것을 것이라고 현준은 스스로에게 다짐했다.

땅굴을 정리하고 지상으로 올라온 현준은 선택의 기로에 섰다.

이대로 아버지를 쫓을 것이냐?

아니면 이곳을 완전히 정리할 것이냐.

현준은 후자를 골랐다.

회색 코트를 입은 남자는 아버지를 정중히 대했다고 했다.

필시 아버지의 기술이 필요해서 부른 것일 텐데, 험하게 대하진 않으리라 계산한 것이다.

대신 메시아에게 부탁하여 위치를 계속 추적해 달라는 부탁을 했다.

일련의 일을 마치고 돌아갔을 때 당장 아버지를 찾을 수 있도록 말이다.

땅굴에서 챙길 물건도 많았다.

일단 장부는 품에 넣어놨지만 그곳엔 온갖 비리와 불법의 결과물이 놓여 있었다.

현준은 이곳을 폭파시키고 그것들을 원상 복구시킬 예정이었다.

선택을 하자 행동에 거침이 없어졌다.

교회 안에 정예병이 얼마나 많은지 끝도 없이 몰려왔다.

최정상 층까지 오르며 현준이 상대한 인원이 족히 오십은 되는 것 같았다.

50명이 넘는 인원을 훈련시키고 최신의 무기까지 지급할 정도다.

이곳이 얼마나 막가는 곳인지 알 것 같았다.

'그래서 더욱 사정 봐줄 필요가 없지.'

사람이었다면 손을 쓰기 전에 잠깐 생각해 주긴 했을 것이다.

하지만 이들은 사람과는 거리가 멀었다.

동족을 포식하는 동물은 있어도, 동족을 실험하는 동물은 없다.

그것도 아주 잔인하게 피 한 방울 남기지 않으려고 노력하는 동물은 더욱 없었다.

사람이 아닌 걸 대하는 데 거리낌이 있을 턱이 있나. 생명존중사상은 개에게 준 현준이었다.

무자비한 폭력과 살인이 교회 내부에서 벌어지고 있었다.

'슬슬 경각심을 느낄 때가 됐군. 아마도 헬기를 띄울 거 같은데.'

옥상에 개인 소유의 헬기도 두 대가 있었다. 아직까진 띄우지 않았지만 현준이 가까이 다가설수록 띄울 가능성이 높아진다.

아마도 침입자가 하나라는 말에 방심하고 있다가 아무런 연락이 오지 않아 고개를 갸웃하고 있을 것이었다.

사태의 심각성을 깨달았을 때 즈음이면 현준이 목젖까지 주먹을 뻗은 뒤일 터였다.

"학학! 가랑이를 더 벌려라 암캐야! 내 친히 너를 정화시켜 주겠노라."

"아앙, 목사님. 죄 많은 저를 위해, 더, 더!"

덜컥!

갑작스럽게 문이 열리자 한창 그 짓에 열중 중이던 두 남녀가 이쪽을 가만히 쳐다봤다.

이런 소란의 와중에도 생식 활동이 왕성한 걸 보면 발정이 나 있는 모양이었다.

하지만 여자 쪽은 눈이 몽롱한 게 약에 취한 낌새다. 목사라는 작자가 여신도를 약에 취하게 만든 것이다.

"네가 김철곤 목사냐?"

김철곤 목사가 이곳의 총관리인이었다.

대부분이 아날로그적으로 돌아가는 교회였지만 대표의 이름은 다행히 넷 상에서 찾을 수 있었다.

목사가 목줄에 핏대를 올렸다.

"무엄한지고. 여기가 어디라고!"

"바지나 올려, 돼지 새끼야."

쿵!

"커헉!"

날듯이 다가간 현준이 목사의 배를 발로 찼다.

그와 동시에 목사는 바닥에 하반신을 적나라하게 드러낸 채 쓰러졌다.

여인은 몸 위에 올라탄 목사가 사라지자 다리를 오므린 채 현준을 멍하니 바라보고만 있었다.

몸을 가리려는 행동도 그 외의 어떠한 일도 하지 않았다.

간드러진 비명을 내질렀던 건 그저 정해진 매뉴얼처럼 소리를 낸 것에 불과한 것 같았다. 약물에 중독된 전형적인 증상이다.

'정상적인 놈이 단 하나도 없군.'

현준은 목사의 튀어나온 배 위에 발을 올렸다.

"네가 김철곤 목사냐?"

"왜, 왜 이러시는 겁니까?"

목사가 말을 더듬었다.

흉물스러운 물건과 툭 튀어나온 배를 드러내놓고 있음에도 수치심보단 공포가 더욱 컸다.

그리고 그는 방금 전 바깥에서 총소리가 들려온 걸 기억해냈다.

성행위에 몰두해 있었기에 대수롭지 않게 여겼다. 살짝약에 취한 상태이기도 했다.

하지만 설마 이 교회 안에서 누군가가 여기까지 침입에 들어오리라곤 생각하지 않았다.

현준은 목사의 배를 더욱 강하게 밟았다.

"몰라서 물어?"

"모, 몰라서 묻습니다."

남자가 적반하장으로 나왔다.

실제로 모르는데다 이런 걸 묻는 걸 보아 당장 죽이진 않을 듯했다.

시간을 끌면 정예병들이 몰아닥치리라 믿어 의심치 않았다.

현준은 피식 웃었다.

목사의 속이 너무 뻔했다.

도깨비 탈을 써서 그 미소가 보이진 않을 테지만 그 미소를 보았다면 목사는 즉시 생각을 바꿨을 것이다.

"그럼 죽어야지. 무지는 죄잖아."

"하, 하지만 저는 김철곤 목사가 아닙니다!"

"그래? 아니라면 죽어야지."

발에 들어가는 힘이 조금씩 세졌다. 이에 헐떡이던 목사가 급히 말을 바꿨다.

"다시 생각해 보니 제가 김철곤인 것 같기도……."

"잘됐군. 김철곤이었으면 사지를 박살 낼 생각이었거든.

"저는 김철곤이 아닙니다!"

이 정도면 병이다. 아주 중증이었다.

현준은 쯧쯧 혀를 차며 고개를 저었다.

"박쥐 같은 놈아. 네가 김철곤이 아닌 건 처음부터 알고 있었다."

"그, 그럼 왜?"

알고 있었으면 왜 묻느냐는 것이다.

현준은 어깨를 으쓱했다.

"그냥 희롱을 해보고 싶더군. 네가 그랬던 것처럼 말이야. 휴지통에 처박힌 주사기의 양을 보아하니 이런 짓을 자주한 모양인데…… 너는 살아 있을 가치가 없다."

"사, 살려주십시오! 워, 원하는 건 다 드리겠습니다. 제발!"

"좋아. 그러면 김철곤 목사가 어디 있는지 말해봐. 빌어먹을 교회가 너무 넓어서 찾기 여간 어려운 게 아니더군."

채찍 뒤에는 당근을 줘야 한다.

역시나. 배고픈 목사가 덥석 물었다.

"그러면 살려주시는 겁니까?"

"살려주지. 내가 너 같은 걸 죽여서 무엇을 할까? 손만 더럽혀질 뿐이지."

현준은 탁탁 손을 털었다. 그리고 손바닥을 목사를 향해 펼쳤다.

수많은 피를 봤음에도 손바닥은 깨끗했다.

"보여? 이 깨끗한 손에 네 더러운 피를 왜 묻혀야 해? 말만 해, 그러면 살려줄게. 대신 거짓말만 하지 마. 난 그런 거 알아내는 데 도사거든. 만약 거짓말이면! 알지?"

현준의 눈이 번들거렸다.

목사는 침을 꿀꺽 삼켰다.

'이놈은 정상이 아니다!'

광인(狂人).

미친놈이다.

목사는 눈앞에 도깨비 탈을 쓴 자가 정상이 아니라고 확신했다.

정신이상자에게서 벗어나려면 정말 말을 잘해야 한다.

필시 허언은 아닐 것이다.

정신이 이상한 놈일수록 진실과 거짓을 가려내는 데 탁월한 재능이 있다는 걸, 목사는 알고 있었다.

"위층에 있습니다. 원하신다면 약도도 그려드리겠습니다."

"됐고, 위치만 말해라."

기회를 잡았다고 생각한 목사가 부리나케 입을 열었다.

"왼쪽에서 세 번째 방입니다. 하지만 그곳에는 완전한 전신개조자가 지키고 있습니다. 이왕이면 이쯤에서 물러나시는 게…… 신상에 이로울 것 같습니다만."

완전한 전신개조자?

궁금증은 들었다.

간혹 전신개조자라며 나오는 이들 중 제대로 된 이는 없었다.

몸 몇 군데를 개조한 게 전부인 걸 가지고 전신개조자라 떠벌리는 놈들뿐이었다.

하지만 이 정도 규모의 단체에선 전신개조자가 있을 법했다.

비록 대한민국에 그만한 과학력은 없다지만 전신개조자

를 만드는 연구는 세계적으로 이뤄지고 있었다.

미국에서 성공한 케이스가 몇 있다는 소식은 들어본 바가 있었다.

'그럼 용병인가? 미국 쪽과도 선이 닿아 있다고?'

정말 보통 단체가 아닌 모양이다.

악에 찌든 무리라고만 생각했는데, 이 선을 따라가면 무엇이 나올지 감도 잡히지 않았다.

"걱정을 해주니 눈물이 나겠군."

"허허, 아닙니다. 어려운 때일수록 서로 돕고 살아야지요."

현준이 스산한 미소를 지었다.

"그 보답으로 편히 죽여주지. 나름 인정을 베푸는 거다."

"예에……?"

"푸하! 진짜 웃기는 놈이군. 넌 도깨비를 믿어? 그리고 분명히 말했잖아. 희롱을 해보고 싶었다고. 너 이 자식. 아주 걸작이야!"

짝짝!

현준은 도깨비 탈을 쓰고 있었다.

도깨비는 장난을 좋아한다.

남을 농락하는 건 기본이요, 아예 발가벗기는 것도 즐겨하는 게 도깨비란 놈이다.

비록 탈이지만, 현준은 현재 도깨비였다.

"끄어억!"

발에 가하는 압력을 더욱 높이자 목사가 비명을 내질렀다.

빠져나가고 싶지만 몸이 꿈쩍도 하지 않는다.

곧이어 눈에서 눈물이 흐르고 숨이 막혀오기 시작했다.

"제, 제바아알……."

눈물은 이내 피눈물로 바뀌었고 울컥! 하며 입에서 피가 역류했다.

치지직!

가슴이 탄다. 발자국이 더욱 선명하게 새겨진다. 심장까지 멈추지 않고 들어가 그대로 익혀 버렸다.

고기 타는 냄새가 방 안에 가득 채워졌다.

게거품을 물던 목사가 즉시 절명했다.

"다음 생에는 착하게 살아라."

정확하게 심장이 있는 부위의 살만 녹이고 익혔다.

주변의 옷이 타거나 신고 있는 신발이 녹지도 않았다. 완벽하게 불을 조종하고 있기에 가능한 일이었다.

'이 능력의 끝은 어딜까.'

현준은 이 힘을 우주에서 얻었다.

게다가 힘을 각성할 때 놈이 현준에게 말을 걸었다.

'나를 받아들이면 모든 게 이뤄질 것이다'라고 했던가?
덕분에 여러 위기를 헤쳐 나갈 수 있었지만, 강해진 지금은
알 것 같았다.

자신이 손에 넣은 것은 아주 무서운 힘이다. 온갖 증오에
사로잡힌 왕의 힘이었다.

그런 것이 왜 우주에 떠돌아다니고 있었는지 의아하기
짝이 없다.

아직도 이 힘의 절반조차 전부 소화하지 못하고 있었다.

전신의 세포 하나까지 일으키는 방법을 가상세계에서
13년간 익혔지만, 이 힘은 인간의 육체가 담기엔 너무나도
컸다.

이윽고 현준은 고개를 돌려 살인이 벌어졌음에도 멍한
눈빛을 짓고 있는 여인에게 다가갔다.

여인의 어깨에 손을 올리자 살짝 떨긴 했지만 그뿐이었
다.

현준은 눈을 감고, 자신의 힘에 집중했다.

내부에 존재하는 약을 모조리 태워 버리기 위해서였다.

'할 수 있을 것 같다.'

치료의 목적으로 불의 힘을 사용해 보긴 처음이다.

능력이 완숙에 경지에 이른 지금에서야 할 수 있을 것 같
았다.

이대로 여인을 이곳에 나두면 좋지 않은 일이 벌어질 게 뻔하다. 조금이라도 정신을 차리게 만들고 스스로 벗어나게 해야 한다.

현준은 여인의 신체를 관조(觀照)하기 시작했다.

이 역시 가상의 세계에서 배운 공부다.

그곳의 공부가 왜 현실에 적용이 되는지 현준으로선 알 도리가 없었지만, 그 데이터 칩에 관한 비밀 중 하나라고 여겼다.

메시아조차 현시대에서 못해도 수백은 앞서간 암호화기술이라 평하지 않았던가.

정말 수백 년 뒤의 물건이 타임머신을 타고 현대에 온 것일 수도 있겠다는 허무맹랑한 생각마저 들었다.

'되는군.'

현준은 회심의 미소를 지었다.

신체를 관조한다고는 했지만 실제로는 그저 느끼는 것이다.

자신의 세포를 하나하나 일깨울 때처럼 여인의 모든 기관이 움직이는 소리와 기척 등을 느끼며 이물질이 섞여 있는 곳을 단번에 알아내는 방법이었다.

당연히 자신의 몸을 볼 때보다 어려울 수밖에 없다.

하물며 그 이물질만 없애도록 불의 힘을 움직여야만 한

다. 잘못하면 내부가 상할 수도 있었다.

극도의 집중력을 요구하는 작업.

현준의 이마에 땀이 아롱아롱 맺혔다.

'찾았다.'

약물이 신체를 돌고 있었다.

그 기운을 단번에 해소시켜야 한다. 2단계이자 마지막 관문이었는데, 현준은 불의 힘을 살짝 밀어 넣는 것으로 해결을 볼 수 있었다.

여인의 전신에서 땀이 배출되기 시작했다. 그 땀 속에는 약물이 섞여 있었다.

곧바로 정신을 차리지는 못했지만 조금씩 눈빛이 돌아왔다.

막히다시피 한 뇌의 혈관이 뚫리며 정상적인 피가 돌자 여인이 눈을 깜빡였다.

"아……?"

"옷을 입고, 나가시오. 이곳은 길게 머물 장소가 아니오."

"이, 이게, 어떻게 된…… 헙!"

여인은 목사의 시체를 보곤 기겁을 했다.

현준은 몸을 일으켰다.

"성수라고 속였겠지만 마약이오. 그 중독 증상까지 내가 어찌해 줄 수 있는 건 아니나 멀리하는 게 좋을 것이오. 이 왕이면 병원에서 치료를 받길 권하오."

"자, 잠깐만요."

"내가 해줄 수 있는 건 다 해줬소. 내려가도 막는 이는 없을 것이니 알아서 하시오. 하나 여기 계속 있다면 좋은 꼴 보긴 힘들 것이오."

목사를 처리하고 약물의 기운까지 없애줬다.

현준은 손을 옮겨 주사기와 마약류의 가루, 약품을 전부 불태워 버렸다.

화르륵!

곧 불길이 올라왔고 현준은 손을 몇 차례 털어보였다.

이후 발을 옮겨 방을 나섰다.

제11장

완전한 전신개조자

위층, 왼쪽에서 3번째 방.

이쯤이면 위험을 느끼고 헬기로 탈출을 시도할 줄 알았는데 김철곤은 도망가지 않았다.

'전신개조자를 믿는 건가?'

하기야.

진짜 전신개조자라면 병사 수백과도 바꿀 수 있는 존재다.

고작 육칠십 명 쓰러뜨리며 이곳에 당도한 현준과는 격이 다르다고 생각할지도 모른다.

침입자의 얼굴을 보고, 비웃음을 날려줄 작정으로 가만히 있는 것인지도 모르겠다.

'얼마나 강할지 기대되는군.'

오랜만에 호승심이 들끓었다.

가상세계의 일을 제외하면, 폴라리스의 진짜 길드 마스터 '빛의 악몽'을 만났을 때 비슷한 감정을 느낀 바가 있었다.

그는 척 보기에도 강자였다.

강자만의 기(氣), 강자만의 여유를 가지고 있었다.

그때는 섣불리 덤벼들 생각조차 하지 못했다. 언젠가는 잡아서 막대한 현상금을 타내리란 계획을 세우긴 했으나 아주 먼 미래의 일이라고 여겼다.

'지금 싸우면 어떨까?'

궁금증이 인다.

빛의 악몽은 아마도, 전신개조자일 것이다. 그때는 몰랐지만 지금 떠올려 보니 알 것 같았다.

그것도 수준급의 전신개조자일 가능성이 컸다.

'질 거 같진 않아.'

현준은 피식 웃었다.

완성된 전신개조자는 일반적인 개조자와 궤를 달리할 것이다.

밀리초(Mesc) 단위로 주변의 모든 사물을 계산하며 움직일 것인데, 일반적인 인간의 행동은 모두 읽힐 수밖에 없었다.

근육의 미세한 움직임, 눈동자의 떨림, 숨소리, 그 모든 걸 재단해서 계산하고 움직이는 게 '완성된' 전신개조자였다.

물론 그렇다고 듣기만 한 것이지 실제로 본 적은 없었다.

뇌를 제외한 모든 신체를 기계화한 인간.

인간의 뇌만은 아직 밝혀지지 않은 정보가 많았고, 뇌의 영역을 절반만 개방해도 현존하는 모든 슈퍼컴퓨터의 성능을 초과한다.

하여 아직까지 뇌는 인간의 것으로 대체하고 있는 것이다.

완전한 전신개조자가 되기 위한 적합률은 수백만 분의 일이라고 들었다.

'전신개조자. 인간 과학의 총집합체라 보아도 무방하겠지만.'

화르륵!

현준의 손이 불타올랐다.

'나는 인간이 마주할 수 있는 벽 너머에 도달한 인간이거든. 과연 누가 강할까?'

들끓는 호승심에 미소를 지으며 현준은 3번째 방의 문을 열었다.

남자는 지루했다.

전신개조자가 된 이후 적수를 만난 적이 없었다.

병기가 아무리 좋으면 뭐하나. 인간의 행동이란 언제나 느려 터졌다.

전쟁터를 전전하며 수백의 인간을 학살했지만 좀처럼 채워지지 않는 기분이 있었다.

개조자라 불리는 것들도 마찬가지. 신체의 한 부위를 특화시켜 전투에 나섰지만 그들 또한 인간의 범주를 벗어나지 못했다.

그에 비해 자신은 어떤가.

뇌를 제외한, 하지만 뇌의 효율을 50%까지 끌어올린 진정한 신인류다. 그가 보기에 다른 인간은 개미처럼 하등하기 그지없었다.

그는 자신이 속한 조직에 전쟁터의 지루함을 하소연했고, 곧 이곳 대한민국으로 배정이 떨어졌다.

한 사람을 호위하며 물밑에서 조금씩 한국이란 나라를 좀먹자는 계획에 그는 가볍게 찬성표를 날렸다.

확실히 시시한 인간 병졸들을 상대하는 것보다는 재밌었다.

인간이 어디까지 타락할 수 있는지 확인하는 것만으로도

조금은 만족할 수 있었다.

그러나 여전히 부족하다. 채워지지 않는다.

이곳에 배정된 뒤로 그는 전투다운 전투조차 하지 못했다. 한국은 좀처럼 강자가 없었다.

강자로 판명되는 이들은 군대에 속해 있는 경우가 절대다수였고, 그곳은 아직도 남자가 건드리지 못하는 미지의 영역이었다.

그런데…… 나타났다.

자신이 원한 강자가!

남자의 인지력은 이미 인간의 한계를 돌파했다.

침입자가 3층에 도달했을 때, 남자는 침입자의 존재를 '알' 수 있었다.

미세한 소리의 진동으로 침입자의 강함을 측정한 결과 무척이나 만족스러운 결과를 낼 수 있었다. 적어도 어중이 떠중이는 아니었다.

순식간에 병졸을 처리하며, 이곳으로 다가오고 있었다.

'빨리. 더 빨리!'

남자는 오랜만에 흥분이란 것을 느낄 수 있었다. 대부분의 감정이 거세되어 이제는 못 느낄 줄 알았건만.

마음 같아선 직접 찾아가고 싶었다. 하지만 본분을 잊지는 않았다.

어디까지나 그는 김철곤 목사의 보디가드로서 이곳에 온 것이다.

그가 속한 조직은 매우 무서운 곳이었다.

갈증을 해소하려고 임무를 소홀히 했다간 아무리 희귀한 전신개조자라도 폐기되고 만다.

합리적으로 판단하자면 지금 움직이는 건 최악의 수에 불과하다.

"바깥이 심상치 않군요."

김철곤 목사가 불안한 듯 중얼거렸다.

침입자가 한 명 있다는 말은 전해 들었다.

하지만 병사들이 나간 이후부터 소식이 전해지지 않았다.

해서 발을 동동 구르며 어찌해야 하나 고민하고 있었다.

"침입자의 동료 중에 엄청난 해커가 있는 것 같다. 외부로 흘러나가는 모든 데이터를 차단시켰군."

"그러면 큰일 아닙니까? 지금이라도 탈출을 고려하는 게?"

김철곤 목사는 생각보다 겁이 많은 인물이었다.

악의 화신 같은 녀석이면서 무조건 돌다리를 두드려 보고 건너는 인간.

남자는 그런 그의 태도가 평소부터 마땅치 않았다.

"이봐, 나를 못 믿나? 네가 가진 모든 병력을 투입해도 나를 이길 순 없다. 마찬가지로 침입자 한 명이 나를 이기는 건 불가능하다."

"음, 알겠습니다."

김철곤 목사는 불안하단 눈빛으로 고개를 끄덕였다. 그도 완전한 전신개조자에 대한 소문은 들어본 바가 있었다.

눈앞의 남자가 그 전신개조자였고, 소문의 절반만 사실이더라도 어지간한 부대는 전멸시킬 전력이었다.

이럴 때는 믿어야 한다.

혼자였다면 진즉 헬기를 타고 탈출했을 것이다.

정체불명의 침입자와 엄청난 해커가 자신의 목숨을 죄여오고 있기 때문이다.

그리하여 외부에서 지원을 요청해 침입자를 소탕하는 게 본래 김철곤 목사의 방식이었다.

"왔다."

남자가 중얼거렸다. 김철곤 목사가 숨을 크게 들이쉬고 문을 바라봤다.

"숨어 있어라. 휘말리면 죽는다."

"아, 알겠습니다."

김철곤 목사가 방의 구석으로 향했다.

고래싸움에 새우등 터진다는 말이 떠올라 불안하기 짝이

없었지만, 남자와 남자가 속한 조직은 김철곤 목사도 함부로 대할 수 없었다.

덜컥!

문이 열렸다.

문이 열리며 나타난 이는 도깨비 탈을 쓰고 있었다.

"네가 김철곤 목사냐?"

도깨비 탈, 현준이 물었다.

남자는 어깨를 으쓱했다.

"그 양반은 저기 뒤에 있지."

방의 구석에서 잔뜩 인상을 찌푸리고 있는 이.

그가 김철곤 목사였다.

"확실히. 너는 김철곤 목사가 아니야. 너에게선 기름 냄새가 진동을 하거든. 그 전신개조자라는 놈이겠군."

남자의 표정이 굳었다.

"내가 전신개조자라는 걸 알고도 당당하다? 어딘가를 개조한 흔적은 없는데. 대체 무슨 수를 부리는 거지?"

"흠. 내가 개조자가 아니란 걸 알 수 있나?"

현준이 의외라는 듯 물었다. 그러자 남자가 확신에 가득 찬 몸짓으로 고개를 끄덕였다.

"그렇다. 너에겐 아무런 기계의 이음도 들리지 않아. 심장이 뛰고 피가 흐르는 인간 그 자체다. 희한하군."

현준은 깜짝 놀라서 말했다.

"전신개조자는 상대의 모든 정보를 파악할 수 있다던 게 사실인 모양이군. 맞다. 난 개조자가 아니야. 도깨비지."

그리곤 장난스럽게 흐흐! 하고 웃었다.

'빛의 악몽도 내가 개조자라는 걸 알아봤겠는데.'

그렇다면 폴라리스 길드의 길드마스터 빛의 악몽도 현준이 개조자라는 걸 알아봤을 것이었다.

하지만 그는 현준에게 아무런 관심이 없는 듯이 행동했다.

어딘가에서 개발된 신형 개조를 받았다고 생각한 걸까? 아니면 신경을 쓸 필요도 없다는 거였을까?

어느 쪽이든 그다지 기쁘지는 않았다.

특히 후자는 아주 괘씸했다.

"도깨비?"

"너는 외국인이라 도깨비를 모르나? 바로 이런 걸 할 수 있는 존재지."

화르륵!

현준의 왼쪽 손에서 불꽃이 치솟아 올랐다.

"무언가를 연료로 사용하는 것도 아니군. 자연발화…… 하하! 네 녀석, 인간이 아닌 건가?"

남자가 재미있다는 듯 웃었다. 대체 몇 년 만에 웃는 것인지 기억도 나지 않을 정도다.

"도깨비라고 했잖아. 그보다 내 정체에 대한 잡설은 됐고."

현준은 오른손의 검지를 까딱였다.

"장소가 비좁긴 하지만, 한번 붙어보자고. 전신개조자 나리."

"허어억⋯⋯!"

김철곤 목사는 기겁하며 몸을 웅크렸다.

고래싸움에 새우등 터질 것 같더니 지금 펼쳐진 전투는 전쟁을 방불케 했다.

도깨비 탈을 쓴 남자의 손이 닿는 곳은 모든 게 녹았다.

전신개조자가 손을 대면 모든 게 부서졌다.

벽은 아무런 의미도 없고, 곳곳의 물건들은 방해조차 되지 못한다.

이대로 있으면 좋은 꼴을 보기는 글렀다.

하지만 도망칠 곳도 없다.

저 전쟁터를 뚫고 나가란 말인가?

불가능하다.

말도 안 되는 말이다.

차라리 운에 맡기는 게 생존에 더 도움이 될 것 같았다.

"이봐! 전신개조자라면서! 좀 더 화끈하게 해볼 수는 없는 거야?"

도깨비 탈을 쓴 현준이 비아냥거렸다.

전신개조자.

그는 크다. 2m는 되어 보이는 거구였다. 몸도 유연하고 기술까지 완비했다. 확실히 살인병기로 이 이상 적합한 인물은 없을 것이다.

'베스의 상회에 권투 스승으로 막 들어갔을 때가 생각나는군.'

키가 크고 유연했던 남자.

하지만 기술이 빵점이라 현준에게 수없이 두들겨 맞고 쓰러졌다.

전신개조자는 딱 그 업그레이드 버전 같았다.

남자는 어이가 없었다.

현준의 속도와 반응속도를 계산한 뒤 절대로 피할 수 없는 곳만 공격하고 있었는데, 그럴 때마다 현준은 조금씩 더 빨라지며 오차 범위를 벗어났다.

불을 내뿜는 인간.

단지 그뿐일 줄 알았건만…… 강하다. 이러면 승리를 장담할 수 없다.

시뮬레이션 결과 43%의 승률이 나왔다.

어이가 없었다. 이런 인간이 존재하다니!

시간을 끄는 건 좋은 수가 아니다.

남자의 열 손가락이 모두 꺾이며 레이저광선이 돋아났다.

"맙소사. 레이저 손톱이냐, 그건?"

현준은 기가 막혔다.

열 개의 손가락에서 뿜어진 레이저광선은 흡사 검처럼 보인다.

절삭력도 상상을 초월할 것이다.

'오래 유지할 순 없겠지. 그래도 대단한걸!'

저만한 출력이다.

고작해야 10분 정도가 한계 아닐까?

즉, 남자는 비장의 절초를 꺼낸 셈이다.

단순한 불꽃으로 저 열 개의 검을 간파하긴 힘들어 보인다.

이대로 10분을 피하느냐, 싸우느냐…….

저 광선에 베이면 아무리 현준이라도 잘린다.

절단 난 신체를 수복할 수 있는 능력은 없었다. 빠르게 병원으로 가서 이어붙이는 수밖에는.

하지만 동시에 이것은 기회였다.

언제 자신의 한계를 확인할 수 있겠는가.

한계를 아는 것과 모르는 것. 두 사이에는 현격한 차이가 있었다.

자신이 할 수 있는 일과 할 수 없는 일을 냉정하게 구분

지을 수 있으니까.

멀리 봤을 땐 지금 확인하는 게 이득이다.

물론 담보는 목숨이었다.

'먼저 공격에 성공하는 쪽이 이기는 단순한 싸움이군.'

좋다. 현준은 상대의 간을 보는 건 포기했다.

초장부터 강수를 쓴다면 현준도 대응해 줄 수밖에.

화아아악!

전신에서 불꽃이 일었다.

절삭력이 높은 레이저도 강렬한 화염을 만나자 주춤거렸다.

아지랑이처럼 휘어지는 등, 전신개조자도 제법 당황한 것 같았다.

레이저는 에너지다. 그리고 에너지는 낮은 곳으로 밀린다. 높은 곳에 휩쓸린다.

그 싸움에서 현준이 일순간 승기를 잡았다고 볼 수 있었다.

총질량의 싸움에서 밀리자 남자는 잠시 흠칫하더니 다섯 손가락의 레이저를 모아 하나의 짧은 단도 형태로 만들었다.

한 줄기는 약하지만 다섯 줄기가 합쳐지면 충분히 대항할 수 있으리라 여긴 것이다.

그런 남자의 생각은 옳았다.

레이저가 더 이상 굽어지지 않았다.

스악!

근처의 책상이 정확히 두 등분 됐다.

현준은 살짝 인상을 찌푸렸다. 가까스로 피할 수 있었다. 대단한 속도였다.

한계치까지 오버하여 성능을 끌어내고 있는 것 같았다.

이에 질세라 현준도 움직여 상대의 머리를 노렸다.

화악!

남자의 머리칼 몇 올이 타올랐다.

현준이 씽긋 웃었다.

속도와 속도의 결전에서 밀리지 않는다는 걸 확인했다. 그렇다면 승기는 자신에게 있었다.

공격이 조금씩 들어갈 때마다 강렬한 열기가 남자의 피부표면을 태워 버릴 것이다.

아무리 단단한 합금이라도 녹는점은 존재했고, 현준의 열기는 현존하는 대부분의 철을 다 녹여 버릴 수 있는 수준이었다.

쾅!

벽이 잘려 나가며 무너졌다.

이대로 가다간 건물의 윗부분이 가라앉을 수도 있었다. 그러나 남자도, 현준도, 싸움을 멈추지 않았다.

하지만 시간이 지날수록 차이는 커졌다. 현준은 지치지

않았고 대신 남자는 조금씩 녹아갔다.

전신개조자가 녹아서 사망하는 첫 번째 사례가 될 수도 있는 순간이었다.

"이익……!"

남자가 끝내 흥분하고 말았다.

한 차례의 공격도 맞지를 않으니 그럴 만도 했다.

남자는 자신이 강한 줄 알았다.

자신을 일대일로 상대할 수 있는 이는 없으리라고, 은연 중 생각하고 있었다.

그런데 지금 그 확신이 깨졌다.

한쪽 어깨는 잘렸고, 턱도 반쯤 뭉개졌다.

데이터를 종합하여 승률을 내봤지만 기껏해야 2% 미만.

졌다. 처음이자 마지막 패배였다.

화르르륵!

현준의 전신에서 쏟아진 화염이 남자를 집어삼켰다.

벌레처럼 꿈틀대며 남자는 최후를 맞이했다.

세포 한 조각도 남기지 않고, 고체가 녹은 액체는 곧 기체가 되어 대지에 흩뿌려졌다.

'이게 전신개조자인가.'

크게 숨을 내쉰 현준이 고개를 저어댔다.

확실히 강했다.

하지만 크게 만족스럽진 않았다. 이것이 과학의 정수라면 살짝 실망할 것 같았다.

결국 자신의 한계는 확인해 볼 수 없었다. 그만큼 강해져서이기도 하겠지만 묘하게 갈증이 났다.

현준은 이미 사라진 남자에 대해 관심을 접었다.

대신 고개를 돌려 눈을 크게 뜬 채 이쪽을 바라보고 있는 김철곤 목사에게 말했다.

"우리, 길게 할 얘기가 있을 거 같은데. 그렇게 생각하지 않나?"

현준이 사악하게 웃었다.

$$* \qquad * \qquad *$$

눈부시게 아름다운 금발의 여인.

마치 미의 여신이 강림한 듯 그 모습은 황홀하기 그지없었으나 그녀의 미모를 보고 감탄하는 이들은 없었다.

왜냐하면 이곳은 바다의 한중간이었기 때문이다.

고속크루저를 탄 채 바다를 누비는 사나이들은 모두 꿀먹은 벙어리처럼 바다 위를 달리는 여인을 바라봤다.

저걸 수영이라 할 수 있을까.

그냥 달리는 건데…….

고속크루저가 최대속도로 항해 중임에도 여인은 그를 비웃듯 옆에서 헤엄치는 중이었다.

"왓더. 저건 무슨 괴물이야?"

"저렇게 아름다운 괴물 봤냐? 그런데…… 엄청 빠르네. 인어 아냐?"

"맞아. 저건 인어공주야. 왕자님을 찾으러 가고 있는 거라구!"

"바다 위를 달리는 인어공주? 와하하!"

휘이익!

사나이들은 약을 한 사발 했는지, 그녀의 존재에 가볍게 감탄하며 휘파람을 불었다.

세상에 어느 동화 속에서도 바다 위를 달리는 인어는 없다.

"이봐! 인어공주님! 그리 급하게 어딜 가시는 중이신가?"

"너흰 뭐냐?"

여인이 고개를 돌려 말했다.

그 고혹적인 목소리에 남자들은 잠시 멈칫했다.

"흠흠. 우린 바다를 누비는 바다 사나이들이지! 그러지 말고 우리가 태워줄 테니까, 이쪽에 오지 않을래?"

"필요 없다. 그보다 말 걸지 마라! 정신 산만하다."

"에이, 그러지 말고 같이 놀자니까? 인어공주님!"

"나는 그 인어공주인가 뭔가가 아니다. 나는 보신탕이다!"

"보신…… 뭐? 그게 뭐야?"

'아는 사람 있어?' 하는 눈빛으로 주변 사내들을 둘러봤지만 모두 고개를 저었다.

"아무튼 말 걸지 마라! 나는 주인을 만나러 가야 한다!"

바다 위를 달리는 여인.

그녀는 코드네임 보신탕이었다.

본래는 하늘을 날아서 갈 생각이었지만, 너무 오랜만에 깨어난 덕분에 잘되지 않았다.

어쩔 수 없이 달리는 걸 선택해 바다를 가르고 있었던 것이다.

'기다려라, 주인! 금방 간다!'

미치도록 아름다운 여인.

하지만 그 속은, 개…… 보신탕일 따름이었다.

『퍼펙트 로드』 4권에 계속…

이 시대를 선도하는 이북 사이트

이젠북

www.ezenbook.co.kr

더욱 막강해진 라인업!
최강의 작가들이 보이는 최고의 재미.

이들의 "유료연재"가 시작됩니다!

김재한 『성운을 먹는 자』　　태제 『태왕기 현왕전』
홍정훈 『월야환담 광월야』　　전진검 『퍼펙트 로드』
이지환 『어린황후』　　　　　방태산 『완벽한 인생』
좌백 『천마군림 2부』　　　　왕후장상 『전혁』
김정률 『아나크레온』　　　　설경구 『게임볼』

검색창에 **이젠북** 을 쳐보세요! ▼ 〇

네르가시아 장편 소설
FUSION FANTASTIC STORY

THE MODERN
MAGICAL
SCHOLAR

현대 마도학자

나르서스 제국의 전쟁영웅이자
마나코어를 개발한 천재 마도학자 카미엘!

그러나 제국의 부흥을 위한 재물이 되어
숙청당하는데…….

『현대 마도학자』

죽음 끝에 주어진 또 다른 삶.
그러나 그에게 남겨진 것은 작은 고물상이 전부였다.

**더 이상의 밑은 없다!
마도학자의 현대 성공기가 시작된다!**

Book Publishing CHUNGEORAM

유행이 아닌 자유추구 ~
WWW.chungeoram.com

미더라 장편 소설

FUSION FANTASTIC STORY

A Bittersweet Life

삶의 의욕을 모두 잃은 주혁.
어느 날 녹이 슨 금속 상자를 얻는데…….

"분명 어제도 3월 6일이었는데?"

동전을 넣고 당기면 나온 숫자만큼 하루가 반복된다!

포기했던 배우의 꿈을 향해 다시금 시작된 발돋움.
눈앞에 펼쳐진 새로운 미래.

과연 그는 목표를 이루고
인생을 바꿀 수 있을 것인가!

Book Publishing CHUNGEORAM

유행이 아닌 자유추구 ─
WWW.chungeoram.com

내일을 향해 쏴라
김형석 장편 소설
FUSION FANTASTIC STORY
1만 시간의 법칙!
'성공은 1만 시간의 노력이 만든다' 는 뜻이다.
그러나…
사회복지학과 복학생 수.
전공 실습으로 나간 호스피스 병동에서
미지와 조우하다.
1만 시간의 법칙?
아니, 1분의 법칙!
전무후무한 능력이 수에게 강림하다!
맨주먹 하나로 시작한 수의
인생역전이 시작된다!
Book Publishing CHUNGEORAM
WWW.chungeoram.com

천산루

조돈형 新무협 판타지 소설

FANTASTIC ORIENTAL HEROES

『궁귀검신』, 『장강삼협』의 작가 조돈형
그가 그려내는 새로운 이야기!

무림삼비(武林三秘)

천외천(天外天), 산외산(山外山), 루외루(樓外樓).

일외출(一外出), 군림천하(君臨天下)!
이외출(二外出), 난세천하(亂世天下)!
삼외출(三外出), 혈풍천하(血風天下)!

가문의 숙원을 위해, 가문을 지키기 위해
진유검, 무림의 새로운 질서를 세우다!

Book Publishing CHUNGEORAM

유행이 아닌 자유추구 -
WWW.chungeoram.com

무경 新무협 판타지 소설

FANTASTIC ORIENTAL HEROES

암제귀환록

마흔에 이르기도 전에 얻은 위명.
암제(暗帝).

무림맹의 충실한 칼날이었던 사내.
그가 무림맹 최후의 날에
모든 것을 후회하며 무릎을 꿇었다.

"만약 그때로 돌아갈 수 있다면……."

사내의 눈이 형용할 수 없는 빛을 토했다.

"혈교는 밤을 두려워하게 될 것이다!"

Book Publishing CHUNGEORAM

유행이 아닌 자유추구
WWW. chungeoram.com

우각 新무협 판타지 소설

북검전기

2014년의 대미를 장식할,
작가 우각의 신작!

『십전제』, 『환영무인』, 『파멸왕』…
그리고,
『북검전기』

무협, 그 극한의 재미를 돌파했다.

북천문의 마지막 후예, 진무원.
무너진 하늘 아래 홀로 서고, 거친 바람 아래 몸을 숨겼다.

살기 위해! 철저히 자신을 숨기고
약하기에! 잃을 수밖에 없었다.

심장이 두근거리는 강렬한 무(武)!
그 걷잡을 수 없는 마력이,
북검의 손 아래 펼쳐진다!

Book Publishing CHUNGEORAM

유행이 아닌 자유추구 -
WWW.chungeoram.com

The Record of Dragon's Return

재중 귀환록

푸른 하늘 장편 소설
FUSION FANTASTIC STORY

『현중 귀환록』, 『바벨의 탑』의
푸른 하늘 신작!
이계를 평정한 위대한 영웅이 돌아왔다!

어느 날 갑자기 찾아온 부모님의 죽음,
그리고 여동생과의 생이별,
모든 것을 감당하기에 재중은 너무 어렸다.
삶에 지쳐 모든 것을 포기할 때, 이계에서 찾아온 유혹.

"여동생을 찾을 힘을 주겠어요.
…대신 나를 도와주세요."

자랑스러운 오빠가 되기 위해!
행복한 삶을 위해!

위대한 영웅의
평범한(?) 현대 적응이 시작된다!

Book Publishing CHUNGEORAM

유행이 아닌 자유추구 -
WWW.chungeoram.com

용마검전
FANTASY FRONTIER SPIRIT
김재한 판타지 장편 소설

「폭염의 용제」, 「성운을 먹는 자」의 작가 김재한!
또다시 새로운 신화를 완성하다!

『용마검전』

사악한 용마족의 왕 아테인을 쓰러뜨리고
용마전쟁을 끝낸 용사 아젤!

그러나 그 대가로 받은 것은 죽음에 이르는 저주.
아젤은 저주를 풀기 위해 기나긴 잠에 빠져든다.

그로부터 220년 후……

긴 잠에서 깨어난 아젤이 본 것은
인간과 용마족이 더불어 살아가는 새로운 세상이었다.

Book Publishing CHUNGEORAM

유혹이 아닌 자유추구
WWW.chungeoram.com

문용신 新무협 판타지 소설

FANTASTIC ORIENTAL HEROES

절대호위

한량 아버지를 뒷바라지하며
호시탐탐 가출을 꿈꾸던 궁외수.

어린 시절 이어진 인연은
그를 세상 밖으로 이끄는데…….

"내가 정혼녀 하나 못 지킬 것처럼 보여?"

글자조차 모르는 까막눈이지만,
하늘이 내린 재능과 악마의 심장은
전 무림이 그를 주목하게 한다.

"이 시간 이후 당신에겐 위협 따윈 없는 거요."

무림에 무서운 놈이 나타났다!

Book Publishing CHUNGEORAM

유행이 아닌 자유추구 -
WWW.chungeoram.com